Dans ma maison

Crédits iconographiques

p. 10 : *Le Palais du facteur Cheval*, photographie de Joseph Douzet, 1905.
© Palais idéal du facteur Cheval / Mémoires de la Drôme
p. 16 : Willy Ronis, *Le Nu provençal*, 1949, photographie prise à Gordes (Vaucluse), conservée à Charenton-le-Pont (France), médiathèque de l'Architecture et du Patrimoine.
© RMN – Gestion droit d'auteur Willy Ronis / Photo © Ministère de la Culture – Médiathèque de l'architecture et du patrimoine, Dist. RMN-Grand Palais / Willy Ronis
p. 36 : Photogramme du film *La Chute de la maison Usher*, réalisé par Roger Corman, 1960, États-Unis.
© AIP / The Kobal Collection / Aurimages
p. 118 : Charles Marville, *Haut de la rue Champlain*, 1877-1878, Paris, musée Carnavalet.
© Bridgeman Images
p. 146 : Coupe transversale de la partie centrale du familistère de Guise dans l'Aisne (la cour de l'aile gauche), 1899.
© PVDE / Bridgeman Images
p. 162 : Vue des ruines de la porte d'Herculanum à Pompéi (Italie), photographie de 1890.
© Granger / Bridgeman Images
p. 164 : Anonyme (école américaine), *La Cabane de Thoreau*, XIXe siècle.
© Look and Learn / Bridgeman Images

ISBN : 978-2-0802-4777-3
ISSN : 1269-8822
N° d'édition : L.01EHRN000678.N001
Dépôt légal : septembre 2021

ÉTONNANTS • CLASSIQUES

Dans ma maison

Présentation, choix des textes, notes et dossier
par Laurence Lacroix,
professeure agrégée de philosophie
et enseignante
de « culture générale et expression » en BTS

Flammarion

Les + numériques

Pour approfondir l'étude du thème, scannez le code ci-dessous à l'aide de votre téléphone ou rendez-vous sur le lien
qrco.de/playlistBTS2022
pour découvrir une playlist dédiée !

Et pour visiter l'exposition numérique sur la maison dans le jeu vidéo, scannez le code ci-dessous ou suivez le lien
qrco.de/jeuxvideoBTS2022
pour explorer !

SOMMAIRE

Dans ma maison

I. LA MAISON COMME LIEU DE L'INTIME

III. ÊTRE SANS TOIT

IV. MIEUX BÂTIR POUR MIEUX HABITER

■ *Le Palais du facteur Cheval*, photographie de Joseph Douzet, 1905.

Joseph Ferdinand Cheval (1836-1924) est un facteur français, célèbre pour avoir passé plus de 33 ans de sa vie à édifier le « Palais idéal », chef-d'œuvre de l'architecture naïve.

PRÉSENTATION

Comme le chante si justement Bénabar, il suffit de « quatre murs et un toit[1] » pour abriter mille histoires de vie. Habiter est le propre de l'espèce humaine. Les animaux sauvages ont des terriers, les chariots rentrent dans des remises et il y a des garages pour les véhicules automobiles. Seuls les hommes ont des maisons. « Être à la maison » peut impliquer plusieurs espaces, plusieurs états. « Viens à la maison » se dit pour inviter dans un appartement. On peut se sentir « comme à la maison » chez autrui, voire en extérieur, dans un parc, une forêt. Alors que désigne, que recouvre la « maison » ? Qu'est-ce qu'un « chez-soi » ? Choisit-on toujours où l'on habite, et si oui, en fonction de quels critères ? Les réponses à ces questions touchent à la fois à l'intime et au collectif.

1. La maison comme lieu de l'intime

La maison, le chez-soi : de ce sujet, on a souvent l'impression qu'il n'y a rien à dire. Comme lieu de l'intime, la maison paraît fermée sur elle-même, soustraite aux regards extérieurs. Elle est le lieu privilégié du déploiement de la vie privée. La maison se présente ainsi comme l'espace possible où peut s'exercer un repli frileux sur soi, où l'on peut s'avachir devant la télévision en pyjama informe. Elle constitue aussi une base arrière où l'on peut se protéger, reprendre des forces, se souvenir de ses désirs,

---

1. Titre d'une chanson de Bénabar et Bruno Nicolini, incluse dans l'album *Reprise des négociations* (2005).

résister à l'éparpillement et à la dissolution. Elle s'apparente pour ses habitants à un cocon, à une coquille, à un antre. On comprend que le domicile de quelqu'un soit si fréquemment à son image. L'expression « être chez soi » pose d'ailleurs cette identité entre le sujet et son intérieur. C'est la raison pour laquelle il n'y a pas deux maisons identiques. L'odeur même des pièces porte la marque de ceux qui y habitent. Mais cette similitude entre la maison et ses occupants n'est pas donnée d'office : elle se construit, en décorant, en bricolant... L'investissement de temps et d'efforts crée l'attachement affectif. Cette dimension émotionnelle n'est pas seulement individuelle. Bien souvent, des « maisons de famille » sont transmises d'une génération à une autre. Vecteur de mémoire, la maison porte alors les souvenirs de ses propriétaires après la disparition de ceux-ci. Bien tangible, elle est ce qui reste une fois que tout a disparu.

2. La maison, zone d'interaction entre l'intérieur et l'extérieur

Si la maison est le lieu de l'intime, ses occupants ont néanmoins besoin qu'elle s'ouvre sur l'extérieur. Le confinement a montré, si besoin était, à quel point rester cloîtré chez soi pouvait être difficile. Les drames que génèrent les enfermements attestent aussi que les humains ne peuvent se sentir bien chez eux que s'ils ont, en même temps, la possibilité d'en sortir à tout moment. Cette articulation entre intérieur et extérieur est, du reste, ce qui permet l'hospitalité. Accueillir les autres rend nos intérieurs plus vivants, plus joyeux : les fêtes et les repas de famille, ou entre amis, viennent rompre la monotonie du quotidien. Mais la convivialité se mue parfois en discorde... Cette porosité entre intériorité et extériorité se vit aussi avec le voisinage. En effet, que ce soit à la ville ou à la campagne, habiter implique d'avoir des voisins. Comment alors vivre avec ces gens si près de nous, et que nous n'avons pas pour autant choisis ? Les nuisances sonores, par exemple, nous contraignent à prendre en compte l'existence des autres au sein de nos propres intérieurs. Le traumatisme que peut générer cette intrusion se retrouve, sous une forme fantasmée, dans les histoires de maison hantée qui nous effraient tant.

3. Être sans toit

Un toit ne protège pas de tout, mais il n'en reste pas moins indispensable à la dignité humaine. Les lieux de vie précaires, comme la rue pour les SDF (sans domicile fixe), les bidonvilles (des agglomérations de logements bâtis avec des matériaux de récupération, à la périphérie des grandes zones urbaines) ou les camps de réfugiés [1] ne procurent pas la même sécurité matérielle ni le même réconfort psychologique qu'une véritable maison. La nostalgie de l'exilé nous rappelle combien le lieu que nous habitons est un point de repère fort, dont nous tirons un sentiment d'appartenance et une partie de notre identité.

3. Mieux bâtir pour mieux habiter

Le respect de la vie humaine passe donc par l'octroi d'un logement. Cependant, il ne suffit pas d'être logé pour avoir le sentiment d'être chez soi. Les barres d'immeubles HLM (habitation à loyer modéré) construites dans les années 1960 et 1970,

1. Un camp de réfugiés est un camp temporaire construit par des gouvernements ou des ONG (telles que la Croix-Rouge) pour recevoir des réfugiés. C'est un espace humanitaire artificiel, fondé sur un système urbain pour une durée limitée à la suite d'une catastrophe naturelle ou d'une crise politique.

les quartiers ghettoïsés[1] où sont rejetés des groupes de population pauvres ou minoritaires, qui ont le sentiment d'être des parias urbains, les logements insalubres et hors de prix offerts à la location ne donnent pas à leurs occupants la satisfaction d'être chez eux. Nous avons besoin de logements décents et qui conviennent à notre mode de vie. C'est là qu'entrent en jeu l'architecture, qui conçoit des bâtiments d'habitation, et l'urbanisme, qui les organise dans l'espace de la ville. La qualité de notre vie dépend de celle de notre habitat. Quelle maison pour demain ? Voilà ce que nous devons anticiper dès aujourd'hui...

---

1. Ghettoïsés : que l'on peut comparer à des ghettos, car ils concentrent des populations pauvres qui n'ont pas les moyens d'emménager ailleurs. Les ghettos étaient, à l'origine, les quartiers de certaines villes d'Europe où les Juifs étaient forcés d'habiter.

Dans ma maison

■ Willy Ronis, *Le Nu provençal*, 1949, photographie prise à Gordes (Vaucluse), conservée à Charenton-le-Pont, médiathèque de l'Architecture et du Patrimoine.

Willy Ronis (1910-2009) est l'un des représentants les plus importants de la photographie humaniste du XXe siècle. Ses photographies les plus intimistes peuvent faire penser à des tableaux.

I. La maison comme lieu de l'intime

La maison permet une séparation entre vie privée et vie publique. Si, à l'extérieur de la maison, j'ai un rôle social à jouer, un statut à tenir, qui implique d'avoir un certain type de comportement, tel n'est pas le cas à l'intérieur de ma maison. Dans cet espace protégé s'ouvre la sphère de la vie privée, c'est-à-dire tout un espace de liberté, d'indépendance. Je peux y faire tomber les masques que requiert la vie sociale, et être vraiment moi-même. La maison offre ainsi un cadre où l'intimité peut se déployer. Vivre dans sa maison, c'est alors évoluer au sein d'un intérieur que l'on peut organiser et décorer selon son bon plaisir. Dès lors, la maison devient un prolongement de soi-même, un lieu marqué par l'identité personnelle.

Mais la vie dans une maison ne se fait pas qu'au présent. L'histoire d'une maison est liée à celle des familles qui l'ont occupée, et qui s'y sont construites, ou au contraire désunies. La maison est alors le support matériel des souvenirs. Hériter d'une maison n'est donc pas seulement hériter d'un bien possédant une valeur marchande certaine, c'est aussi s'approprier un héritage affectif, et parfois culturel.

Le lien qu'on entretient avec nos maisons est donc loin d'être neutre. D'où l'emploi courant du possessif : lorsque j'habite une maison, il s'agit bien toujours de « ma » maison. Dans cet emploi, que le domicile prenne réellement la forme d'une maison ou bien soit un appartement importe peu.

1. Avoir une chambre à soi

La maison garantit à ses habitants sécurité et protection face aux agressions extérieures potentielles. Elle assure aussi leur indépendance. Cette idée est mise en avant par Virginia Woolf (texte 1) qui pose clairement que l'indépendance des femmes demande à ce que ces dernières puissent bénéficier d'un revenu et d'un lieu à elles. Ce n'est qu'à ces conditions que celles-ci pourront exercer leur créativité et s'affirmer dans leur personnalité. Ce plaisir de pouvoir se replier sur soi pour penser, écrire, rêver en toute liberté, est ressenti très tôt par George Sand (texte 2). Sa cellule au couvent offre ainsi à son monde intérieur l'occasion de se déployer. Mais avoir une maison à soi est aussi ce qui permet de protéger son intimité. Des femmes comme Ninon de Lenclos (texte 3) ou encore Marguerite Duras (texte 4) peuvent ainsi choisir librement leurs amants et la vie qu'elles veulent mener. La possibilité pour les femmes de devenir propriétaires de leur logement apparaît donc comme la condition nécessaire, sinon suffisante, de leur émancipation et de leur égalité avec les hommes.

1. Virginia Woolf, *Une chambre à soi*

Une chambre à soi (titre original : *A Room of One's Own*), ou *Un lieu à soi* dans la traduction de Marie Darrieussecq, est un essai de Virginia Woolf, publié pour la première fois en 1929. Le sujet principal de ce texte est la place des écrivaines dans l'histoire de la littérature, en particulier dans le contexte britannique. Woolf se penche sur les facteurs qui ont entravé l'accession des femmes à l'éducation, à la production littéraire et au succès. L'une de ses thèses principales, qui a donné son titre à l'ouvrage, est qu'une femme doit au moins disposer « de quelque argent et d'une chambre à soi » si elle veut produire une œuvre romanesque. Ce texte a une place importante dans l'histoire du féminisme. Il figure à la soixante-neuvième place sur la liste des cent livres du siècle publiée par *Le Monde* en 1999. En 2016, le *Guardian* le classe parmi les cent meilleurs livres de non-fiction.

[Un lieu pour écrire]

Je sais, vous m'avez demandé de parler des femmes et du roman. Quel rapport, allez-vous me dire, existe-t-il entre ce sujet et une « chambre à soi » ? Je vais tenter de vous l'indiquer. Après avoir accepté de vous parler, je suis allée m'asseoir au bord d'une rivière et je me suis interrogée sur le contenu des mots « roman » et « femme » ainsi rapprochés l'un de l'autre. Ce que l'on attendait de moi était-ce seulement un hommage à des écrivains femmes illustres, Jane Austen[1], les sœurs Brontë[2], George Eliot[3] ? À y regarder de plus près, cette association « femme » et « roman » me parut moins simple. Peut-être me faudrait-il parler des femmes et de ce qui les caractérise, ou des femmes et des romans qu'elles écrivent, ou des romans qui traitent de la femme, ou encore, pensant que ces trois possibilités sont intimement liées, votre désir est-il que je les envisage dans leur entrelacement ?

---

1. Jane Austen (1775-1817) laisse derrière elle des chefs-d'œuvre, dont *Raison et sentiments* (1811), *Orgueil et préjugés* (1813), *Mansfield Park* (1814) ou *Emma* (1816), qui marquent profondément le monde littéraire.
2. Les sœurs Brontë : Charlotte (1816-1855), Emily (1818-1848) et Anne (1820-1849) sont poétesses et romancières. Leurs romans attirent immédiatement l'attention pour leur originalité et la passion qu'ils manifestent. *Jane Eyre* (1847), de Charlotte, connaît aussitôt le succès. *Les Hauts de Hurlevent* (1847) d'Emily, *La Locataire de Wildfell Hall* (1848) d'Anne et *Villette* (1848) de Charlotte sont admis plus tard parmi les grandes œuvres de la littérature.
3. George Eliot (1819-1880), de son vrai nom Mary Ann (ou Mary Anne) Evans, est une romancière britannique. Elle est considérée comme une des plus grandes écrivaines victoriennes.

Certes, ce serait là la façon la plus intéressante d'aborder notre sujet ; mais elle présente un triste inconvénient : celui de rendre toute conclusion impossible et de ne pas permettre à mes auditeurs, après une heure d'entretien, d'emporter, ainsi qu'il convient, soigneusement dissimulée dans leur carnet de notes une pépite de vérité qui reposera toujours sur leur cheminée. Dans ces conditions, je préfère me contenter de vous donner mon avis sur un point de détail : il est indispensable qu'une femme possède quelque argent et une chambre à soi si elle veut écrire une œuvre de fiction. [...]

Je vous ai dit au cours de cette conférence que Shakespeare [1] avait une sœur ; mais n'allez pas à sa recherche dans la vie du poète écrite par sir Sidney Lee. Cette sœur de Shakespeare mourut jeune... hélas, elle n'écrivit jamais le moindre mot. Elle est enterrée là où les omnibus s'arrêtent aujourd'hui, en face de l'Elephant and Castle [2]. Or, j'ai la conviction que cette poétesse, qui n'a jamais écrit un mot et qui fut enterrée à ce carrefour, vit encore. Elle vit en vous et en moi, et en nombre d'autres femmes qui ne sont pas présentes ici ce soir, car elles sont en train de laver la vaisselle et de coucher leurs enfants. Mais elle vit ; car les grands poètes ne meurent pas ; ils sont des présences éternelles ; ils attendent seulement l'occasion pour apparaître parmi nous en chair et en os. Cette occasion, je le crois, il est à présent en votre pouvoir de la donner à la sœur de Shakespeare. Car voici ma conviction : si nous vivons encore un siècle environ – je parle ici de la vie qui est réelle et non pas de ces petites vies séparées que nous vivons en tant qu'individus – et que nous ayons toutes cinq cents livres de rente et des chambres qui soient à nous seules ; si nous acquérons l'habitude de la liberté et le courage d'écrire exactement

---

1. William Shakespeare (1564-1616) est un poète, dramaturge et comédien anglais. Il a notamment écrit *Roméo et Juliette* (1597), une des plus grandes pièces de théâtre en langue anglaise.

2. Elephant and Castle est un carrefour important au sud de Londres qui a donné son nom au quartier environnant.

ce que nous pensons ; […] alors l'occasion se présentera pour la poétesse morte qui était la sœur de Shakespeare de prendre cette forme humaine à laquelle il lui a si souvent fallu renoncer.

Virginia Woolf, *Une chambre à soi*, © Denoël, 1977 ; 10/18, p. 7-8 ; p. 169-171.

S'approprier le texte

1. Montrez en quoi l'indépendance des femmes passe par le fait d'avoir un lieu à soi.

2. En quoi le fait que les tâches domestiques soient réservées aux femmes les entrave dans la possibilité de pouvoir se réaliser elles-mêmes intellectuellement et professionnellement ?

---

2. George Sand, « Manuscrit de jeunesse »

George Sand (1804-1876), pseudonyme d'Amantine Aurore Lucile Dupin de Francueil, décrit ici la joie qui fut la sienne de pouvoir disposer, dans le couvent parisien où elle fit ses études, d'une cellule à soi. Celle-ci ne paraît pas cependant d'un grand confort : elle est étroite et prend l'eau de toutes parts. Mais c'est le lieu où la jeune fille peut se retirer et rêvasser. Être soi, pouvoir avoir une pensée et une sensibilité propres, demande cet espace de recueillement qu'est une chambre à soi.

[Une cellule à soi]

La vie en commun est l'idéal du bonheur entre gens qui s'aiment. Je l'ai senti au couvent, je ne l'ai jamais oublié ; mais il faut à tout être pensant ses heures de solitude et de recueillement. C'est à ce prix seulement qu'on goûte la douceur de l'association. […] Au premier en descendant du ciel une chambre qui n'est ni ronde ni carrée, mais dans laquelle on peut faire six pas pourvu qu'ils soient très petits, le voisinage de la gouttière et des concerts de chats toutes les nuits. Mon lit sans rideaux est dans l'endroit le plus large c'est-à-dire auprès de la muraille d'un côté et de l'autre à deux pieds de la fenêtre. Quand je dis sans rideaux j'aurais tort de me plaindre, car je n'en ai pas besoin. La charpente et le toit de biais sont précisément au-dessus de ma tête de sorte qu'en sortant de mon lit je me casse le front tous les matins et je fais trembler toute la charpente pourrie. Ma fenêtre composée de quatre petits carreaux donne sur une étendue de toits couverts de tuiles et sur des chapiteaux de cheminées où rôdent incessamment des volées de moineaux qui m'aident à manger mon pain sec. Le papier de ma cellule a été jaune à ce qu'on prétend. Mais quelle que soit sa couleur, il est fort intéressant, car il est barbouillé, dans tous les sens, de noms, de maximes, de vers, de niaiseries, de réflexions, de dates, que toutes celles qui ont habité cette chambre y ont laissés. Celle qui l'habitera après moi aura de quoi s'amuser car je lui laisserai des romans et des poèmes entiers à déchiffrer sur la muraille, et des dessins fort intéressants gravés avec un couteau sur les pierres de ma fenêtre à l'extérieur. Une harpe, une chaise de paille et une commode, par-dessus laquelle je suis obligée de sauter pour arriver à la porte composent avec mon lit... tout mon mobilier... S'il arrive quelque orage... je rêve quelquefois que je suis tombée dans la rivière et à mon réveil je crois encore y être.

George Sand citée par Joseph Barry dans *George Sand ou le scandale de la liberté*, Éditions du Seuil, 1982, p. 64 ; 67-68.

S'approprier le texte

1. Montrez comment les inscriptions sur les murs permettent à chacune des jeunes filles qui logèrent dans cette cellule de la faire sienne.

2. L'aspect dégradé de la chambre revêt-il une importance quelconque aux yeux d'Aurore ?

3. Michel Vergé-Franceschi, *Ninon de Lenclos*

Michel Vergé-Franceschi, historien français né en 1951, retrace ici la vie de Ninon de Lenclos (1620-1705). Courtisane [1] de légende, cette dernière traverse tout le siècle de Louis XIV et meurt encore adulée par des amants qui ont fait sa réputation, de Richelieu [2] au Grand Condé [3], du duc de La Rochefoucauld [4] aux marquis de Sévigné père et fils, en passant par une foule de maréchaux. Dans cet extrait, Michel Vergé-Franceschi nous décrit la pièce maîtresse de l'hôtel particulier de Ninon de Lenclos : son lit à baldaquin. Symbole par excellence de l'érotisme, il trône dans une chambre qui sert aussi de salon, lieu de discussion et d'échanges intellectuels : libertinage charnel et libertinage philosophique (qui prône la liberté de mœurs et le refus des règles religieuses) se rejoignent ici [5].

---

1. Courtisane : femme qui vend ses faveurs et vit entretenue par ses amants.
2. Armand Jean du Plessis de Richelieu, dit le **cardinal de Richelieu**, est un ecclésiastique et homme d'État français (1585-1642).
3. Louis II de Bourbon (1621-1680), prince de Condé, dit le **Grand Condé**, d'abord connu sous le titre de duc d'Enghien, appartient à l'une des plus grandes familles de France.
4. François VI (1613-1680), deuxième **duc de La Rochefoucauld**, prince de Marcillac, pair de France, est un écrivain, moraliste, mémorialiste et militaire français du XVIIe siècle.
5. Libertinage : comportement ou mode de pensée du libertin. Le mot « libertin » vient du latin *libertus* qui signifie « affranchi ». Très vite, le terme a pris un sens lié à la religion : au XVIIe siècle, ce mot désignait plus particulièrement celui qui était affranchi de toute doctrine religieuse, autrement dit celui qui avait une liberté de penser. Au XVIIIe siècle s'est ajoutée à ce sens une idée de transgression morale. *L'Encyclopédie* (éditée entre 1751 et 1772 sous la direction de Denis Diderot et d'Alembert) en donne une autre définition, éloignée de son sens religieux originel : « C'est l'habitude de céder à l'instinct qui nous porte aux plaisirs des sens. »

[Le lit à baldaquin]

Ninon, en visitant en avril-mai 1657 son futur hôtel des Tournelles[1], a immédiatement vu tout le parti qu'elle pouvait tirer des lieux. La demeure n'est pas immense, loin de là, mais elle est néanmoins très vaste pour une femme seule entourée de quatre domestiques. Elle va pouvoir y tenir des « cinq à neuf » quotidiens qui la vengeront de son passé de fille d'assassin du Marais. [...] Certes, son futur salon ne sera jamais l'équivalent de la « chambre bleue » de la marquise de Rambouillet [...] ; il sera moins célèbre que les salons huppés de Charlotte Jouvenel des Ursins, vicomtesse d'Auchy[2][...] ; de Marie Bruneau, dame des Loges[3][...] ; de la Grande Mademoiselle[4] [...] ou même de Mme de La Sablière[5][...], mais ce sera son salon « à elle », et c'est cela qui dut lui paraître important, avec sa marque, son originalité, ses habitués, ses thèmes de réflexion. Parlant d'elle et de ses amis, consciente

---

1. Ninon de Lenclos prend en location tout un hôtel au 36, rue des **Tournelles**, dans le Marais, à Paris. Jolie maison, elle fut construite quinze ans plus tôt pour un notable. La rue des Tournelles, ouverte vers 1400, tire son nom de l'hôtel des Tournelles, résidence royale de Charles VII et de Louis XI. Ce prestigieux passé à certainement su séduire l'ambitieuse Ninon.

2. Charlotte Jouvenel des Ursins, vicomtesse d'Auchy (1570-1646), autrice, tint salon chaque mardi, autour de 1605, rue des Vieux Augustins à Paris.

3. Marie des Loges, née Bruneau (1585-1641), ouvre en 1603 un salon où ses grâces, sa bonne renommée et son esprit brillant en font une célébrité parisienne, de la fin du règne d'Henri IV jusque sous le ministère de Richelieu.

4. Anne Marie Louise d'Orléans, duchesse de Montpensier, connue sous le nom de **Grande Mademoiselle** (1627-1693), a tenu le salon le plus luxueux de toute l'histoire de France.

5. Marguerite Hessein de la Sablière (1636-1693) tint salon à la Folie-Rambouillet. Jean de La Fontaine fut son protégé pendant une vingtaine d'années.

de la spécificité de son cercle, Ninon écrira un jour à Saint-Evremond [1] dans leur vieillesse en qualifiant son groupe, […] comme étant celui « des originaux de notre siècle ». Son salon brillera par cette originalité qu'elle revendique, alliant les joies du sexe et de l'esprit, la philosophie et le libertinage, recevant les « esprits forts », éloignés de toute culpabilité, de toute crainte du péché, de la mort et des angoisses de l'au-delà. Ici, uniquement des esprits libres, point de pédants ni de précieuses, point de femmes savantes ni de Tartuffe, pas plus que de Trissotin [2] ou de bourgeois gentilshommes en mal de langues grecque ou latine.

[N]ous sommes chez une courtisane. […]

Ninon est séduite par cet hôtel qu'elle va décorer d'amours, de psychés [3], de muses [4] et d'apollons [5]. Un hôtel rempli de glaces et de miroirs où son grand lit à baldaquin recouvert de taffetas rouge donne le ton, quoique curieusement placé à côté de la Vierge et de l'Enfant Jésus… Volonté de blasphème […] ? Que faisait Ninon, sortie de derrière son paravent, dans son corset de satin noir et l'un de ses trois déshabillés de satin, à côté de cet immense tableau jouxtant ce lit tout aussi immense pourvu de ses quatre « bas-piliers » autorisant les jeux avec ceux-ci lors d'ébats érotiques, à la différence des lits « à colonnes » qui relient directement le sommier au ciel de lit sans permettre à la femme de s'enrouler au « bas-pilier » ? Que faisait Ninon au milieu de ses

---

1. Charles Le Marquetel de Saint-Denis, seigneur de **Saint-Évremond**, (1614-1703), est un moraliste et critique libertin français.

2. Trissotin est un personnage pédant dans *Les Précieuses ridicules* de Molière.

3. Psyché est l'amante d'Éros, dans la mythologie grecque.

4. Muses : sculptures qui représentent chacune des neuf déesses grecques qui présidaient aux arts libéraux.

5. Apollons : sculptures du dieu Apollon qui, dans la mythologie grecque, est le dieu de la clarté solaire, de la raison, des arts et plus précisément de la musique et de la poésie.

nombreux miroirs, face à face, reflétant à l'infini l'image du ou des partenaires du moment, à la lueur des flammes de la cheminée toute proche ? Ces « visiteurs » pouvaient s'attarder tout à loisir – la pendule est dans la pièce d'à côté – et tout ce qui rappelle le monde extérieur est loin, à l'étage : le thermomètre, le baromètre. Ici, la « salle » est avant tout destinée au confort, au plaisir que rien ne doit venir gâcher : ni le temps qui passe, ni le temps qu'il fait.

Michel Vergé-Franceschi, *Ninon de Lenclos. Libertine du grand siècle*, p. 244-250.

S'approprier le texte

1. Montrez comment la décoration de la chambre en fait un lieu érotique par excellence.
2. L'hôtel de Ninon lui permet de mener une vie libre et indépendante. Montrez comment cette indépendance se manifeste dans le choix des personnalités qu'elle reçoit.

4. Marguerite Duras, *L'Amant*

L'Amant (1984) est une autofiction (un roman en partie autobiographique) de Marguerite Duras (1914-1996) – femme de lettres, dramaturge, scénariste et réalisatrice française – qui valut à son autrice le prix Goncourt en 1984 et le prix Ritz-Paris-Hemingway (meilleur roman publié en anglais) en 1986. Le sujet principal du roman est l'amour fou entre la jeune fille de quinze ans et le Chinois de Cholen[1] qui a douze ans de plus qu'elle. La chambre que ce dernier loue dans le quartier sud de la ville est le lieu où Marguerite devient femme. De cette chambre, elle en retient tous les aspects : de

1. **Cholen** : quartier de Hô Chi Minh-Ville (anciennement Saigon).

l'ameublement commun à l'ouverture sur la ville et sur la vie. La mise en mots de cette première rencontre des corps inscrit à jamais leur amour dans l'histoire.

[La chambre d'amour]

C'est arrivé très vite ce jour-là, un jeudi. […]

L'endroit est moderne, meublé à la va-vite dirait-on, avec des meubles de principe modern style. Il dit : je n'ai pas choisi les meubles. Il fait sombre dans le studio, elle ne demande pas qu'il ouvre les persiennes. Elle est sans sentiment très défini, sans haine, sans répugnance non plus, alors est-ce sans doute là déjà du désir. Elle en est ignorante. Elle a consenti à venir dès qu'il le lui a demandé la veille au soir. Elle est là où il faut qu'elle soit, déplacée là. Elle éprouve une légère peur. Il semblerait en effet que cela doive correspondre non seulement à ce qu'elle attend, mais à ce qui devrait arriver précisément dans son cas à elle. Elle est très attentive à l'extérieur des choses, à la lumière, au vacarme de la ville dans laquelle la chambre est immergée. Lui, il tremble. Il la regarde tout d'abord comme s'il attendait qu'elle parle, mais elle ne parle pas. Alors il ne bouge pas non plus, il ne la déshabille pas, il dit qu'il l'aime comme un fou, il le dit tout bas. Puis il se tait. Elle ne lui répond pas. Elle pourrait répondre qu'elle ne l'aime pas. Elle ne dit rien. Tout à coup elle sait, là, à l'instant, elle sait qu'il ne la connaît pas, qu'il ne la connaîtra jamais, qu'il n'a pas les moyens de connaître tant de perversité. Et de faire tant et tant de détours pour l'attraper, lui il ne pourra jamais. C'est à elle à savoir. Elle sait. À partir de son ignorance à lui, elle sait tout à coup : il lui plaisait déjà sur le bac. Il lui plaît, la chose ne dépendait que d'elle seule. […]

Il a arraché la robe, il la jette, il a arraché le petit slip de coton blanc et il la porte ainsi nue jusqu'au lit. Et alors il se tourne de l'autre côté du lit et il pleure. Et elle, lente, patiente, elle le ramène vers elle et elle commence à le déshabiller. Les yeux fermés, elle le fait. Lentement. Il veut faire des gestes pour l'aider. Elle lui demande de ne pas bouger. Laisse-moi. Elle dit qu'elle veut le faire elle. Elle le fait. Elle le déshabille. Quand elle lui demande il déplace son corps dans le lit, mais à peine, avec légèreté, comme pour ne pas la réveiller.

La peau est d'une somptueuse douceur. Le corps. Le corps est maigre, sans force, sans muscles, il pourrait avoir été malade, être en convalescence, il est imberbe, sans virilité autre que celle du sexe, il est très faible, il paraît être à la merci d'une insulte, souffrant. Elle ne le regarde pas au visage. Elle ne le regarde pas. Elle le touche. Elle touche la douceur du sexe, de la peau, elle caresse la couleur dorée, l'inconnue nouveauté. Il gémit, il pleure. Il est dans un amour abominable.

Et pleurant il le fait. D'abord il y a la douleur. Et puis après cette douleur est prise à son tour, elle est changée, lentement arrachée, emportée vers la jouissance, embrassée à elle.

La mer, sans forme, simplement incomparable. […]

Le bruit de la ville est très fort, dans le souvenir il est le son d'un film mis trop haut, qui assourdit. Je me souviens bien, la chambre est sombre, on ne parle pas, elle est entourée du vacarme continu de la ville, embarquée dans la ville, dans le train de la ville. Il n'y a pas de vitres aux fenêtres, il y a des stores et des persiennes. Sur les stores on voit les ombres des gens qui passent dans le soleil des trottoirs. Ces foules sont toujours énormes. […]

Le lit est séparé de la ville par ces persiennes à claire-voie, ce store de coton. Aucun matériau dur ne nous sépare des autres gens. Eux, ils ignorent notre existence. Nous, nous percevons quelque chose de la leur, le total de leurs voix, de leurs mouvements, comme une sirène qui lancerait une clameur brisée, triste, sans écho. […]

C'est le soir qui vient maintenant. Il me dit que je me souviendrais toute ma vie de cet après-midi, même lorsque j'aurais oublié jusqu'à son visage, son nom. Je demande si je me souviendrais de la maison. Il me dit : regarde-la bien. Je la regarde. Je dis que c'est comme partout. Il me dit que c'est ça, oui, comme toujours.

Marguerite Duras, *L'Amant*, 1984,
; 2005, p. 46-56.

S'approprier le texte

1. Montrez comment la chambre devient l'écrin qui protège leur passion amoureuse du monde qui entoure les amants.
2. En quoi la chambre est-elle la pièce privilégiée pour susciter l'impression d'évoluer dans un monde à soi ?

Zoom sur : Les femmes et le droit à la propriété

Au XIXe siècle, des femmes comme Ernestine Rose[1], Paulina Wright Davis[2], Elizabeth Cady Stanton[3], Harriet Beecher Stowe[4], aux États-Unis et en Grande-Bretagne, commencent à contester les lois qui leur refusent le droit à leur propriété une fois qu'elles sont mariées.

En France, le code civil de Napoléon inscrit en 1804 l'infériorité des femmes dans la loi. Cette infériorité de la femme est d'abord l'infériorité de l'épouse, les filles majeures et les veuves ayant la capacité juridique de gérer leur patrimoine. La conquête de droits identiques à l'homme passe donc d'abord par une réforme profonde du mariage. Le mariage devient progressivement une association dans laquelle chacun des membres a les mêmes droits.

Cette évolution commence notamment avec la loi du 13 juillet 1965 qui met fin à l'incapacité de la femme mariée, qui peut désormais ouvrir un compte en banque et exercer une profession sans l'autorisation de son mari. Elle cogère avec celui-ci les biens du couple avec une responsabilité identique.

---

1. **Ernestine Rose** (1810-1892) est la première féministe athée connue. En 1835, elle a été l'une des fondatrices de l'*Association of All Classes of All Nations*, une association athée britannique qui défendait les droits de l'homme pour tous, sans distinction de sexe, de classe, de couleur ou de nationalité.
2. **Paulina Kellogg Wright Davis** (1813-1876) est une abolitionniste, suffragette et enseignante américaine.
3. **Elizabeth Cady Stanton** (1815-1902) fut la chef de file du mouvement américain pour les droits des femmes, et elle formula en 1848 la première revendication en faveur du suffrage féminin aux États-Unis.
4. **Harriet Beecher Stowe (1811-1896)** est une écrivaine abolitionniste américaine, autrice de *La Case de l'oncle Tom* (1851), ouvrage qui fut en son temps un audacieux réquisitoire contre l'esclavage.

La loi introduit **la communauté réduite aux acquêts**, qui devient le régime légal en l'absence de contrat de mariage. Selon ce régime, chaque époux conserve la faculté d'administrer les biens qui lui étaient propres avant le mariage, ainsi que ses revenus personnels.

L'égalité des époux dans la gestion des biens communs est instituée : si le mari demeure administrateur de la communauté de biens, il doit rendre compte de la gestion de ces biens à son épouse. En cas de défaillance, cette dernière peut, par décision judiciaire, se substituer à lui. Les décisions les plus importantes doivent désormais être prises avec l'autorisation des deux conjoints : les achats à crédit, ainsi que la vente ou l'hypothèque du domicile conjugal requièrent le consentement des deux époux.

La loi du 23 décembre 1985 accorde aux époux la gestion commune de la communauté en régime légal et supprime toute référence au mari ou à la femme pour bien marquer l'égalité entre les époux.

2. La maison comme prolongement de soi

Dans l'expression « être chez soi », l'usage du verbe « être » montre le lien qui lie l'occupant à sa propriété. La possession d'un bien immobilier n'est pas quelque chose d'anodin. Pas de maison qui ne ressemble à ses occupants. Cette mise en miroir se retrouve dans la nouvelle fantastique[1] d'Edgar Allan Poe, « La chute de la maison Usher » (texte 5), dans laquelle la mélancolie de la famille Usher vient imprégner toute la façade du château. Cette identification entre la maison et son propriétaire est aussi pleinement exploitée dans le roman réaliste. La pension Vauqùer que décrit Balzac (texte 6) montre bien comment toute la personne de Mme Vauquer explique la pension, de la même manière que la pension implique toute sa personne. On pourrait croire qu'il y a là une spécificité relative aux maisons individuelles dont seraient dépourvus les appartements urbains pensés dans leur reproductivité et leur anonymat. Le texte d'Antonio Lobo Antunes, *Le Cul de Judas* (texte 7) nous montre que tel n'est pas le cas. Si nous avons parfois le sentiment de rentrer dans des appartements qui nous paraissent aseptisés, la raison en est le vide existentiel ressenti par leurs occupants. Habiter un lieu, faire de ce lieu « sa » maison, demande donc du temps et de l'habitude pour pouvoir s'y sentir chez soi. C'est cette nécessité de « prendre son temps » – comme si occupant et maison avaient besoin de s'apprivoiser, de s'adopter réciproquement – que nous décrit si justement Proust (texte 8).

1. **Fantastique** : qui relève d'un genre littéraire se caractérisant par l'intrusion du surnaturel dans le cadre réaliste d'un récit. Selon le théoricien de la littérature Tzvetan Todorov, le fantastique se distingue du merveilleux par l'hésitation qu'il produit entre le surnaturel et le naturel, le possible ou l'impossible et parfois entre le logique et l'illogique.

5. Edgar Allan Poe, « La chute de la maison Usher »

« La chute de la maison Usher » est très certainement la nouvelle la plus célèbre d'Edgar Allan Poe (1809-1849). Le bâtiment joue un rôle primordial dans l'histoire. C'est le premier « personnage » que le narrateur décrit. En personnifiant la Maison Usher, Poe nous la présente comme le miroir de la famille. La mélancolie qu'elle dégage ne peut qu'affecter ceux qui l'habitent. Ce lien étroit entre la maison et ses occupants interpelle. Qui déteint sur qui ? La maison n'est-elle que le reflet de la dégénérescence familiale, ou bien le destin de la famille est-il lié à celui de la maison ?

[Une maison sinistre]

Pendant toute une journée d'automne, journée fuligineuse, sombre et muette, où les nuages pesaient lourds et bas dans le ciel, j'avais traversé seul et à cheval une étendue de pays singulièrement lugubre, et enfin, comme les ombres du soir approchaient, je me trouvai en vue de la mélancolique Maison Usher. Je ne sais comment cela se fit, – mais, au premier coup d'œil que je jetai sur le bâtiment, un sentiment d'insupportable tristesse pénétra mon âme. Je dis insupportable, car cette tristesse n'était nullement tempérée par une parcelle de ce sentiment dont l'essence poétique fait presque une volupté, et dont l'âme est généralement saisie en face des images naturelles les plus sombres de la désolation et de la terreur. Je regardais le tableau placé devant moi, et, rien qu'à voir la maison et la perspective caractéristique de ce domaine, – les murs qui avaient froid, – les fenêtres semblables à des yeux distraits, – quelques bouquets de joncs vigoureux, – quelques troncs d'arbres blancs et dépéris, – j'éprouvais cet entier affaissement d'âme qui, parmi les sensations terrestres, ne peut se mieux comparer qu'à l'arrière-rêverie du mangeur d'opium, – à son navrant retour à la vie journalière,

– à l'horrible et lente retraite du voile. C'était une glace au cœur, un abattement, un malaise, – une irrémédiable tristesse de pensée qu'aucun aiguillon de l'imagination ne pouvait raviver ni pousser au grand. Qu'était donc, – je m'arrêtai pour y penser, – qu'était donc ce je-ne-sais-quoi qui m'énervait ainsi en contemplant la Maison Usher ? […] Il était possible, pensais-je, qu'une simple différence dans l'arrangement des matériaux de la décoration, des détails du tableau, suffît pour modifier, pour annihiler peut-être cette puissance d'impression douloureuse ; et, agissant d'après cette idée, je conduisis mon cheval vers le bord escarpé d'un noir et lugubre étang, qui, miroir immobile, s'étalait devant le bâtiment ; et je regardai – mais avec un frisson plus pénétrant encore que la première fois – les images répercutées et renversées des joncs grisâtres, des troncs d'arbres sinistres, et des fenêtres semblables à des yeux sans pensée.

C'était néanmoins dans cet habitacle de mélancolie que je me proposais de séjourner pendant quelques semaines. Son propriétaire, Roderick Usher, avait été l'un de mes bons camarades d'enfance ; mais plusieurs années s'étaient écoulées depuis notre dernière entrevue. […]

Quoique dans notre enfance nous eussions été camarades intimes, en réalité, je ne savais pourtant que fort peu de choses de mon ami. Une réserve excessive avait toujours été dans ses habitudes. Je savais toutefois qu'il appartenait à une famille très-ancienne qui s'était distinguée depuis un temps immémorial par une sensibilité particulière de tempérament. […] J'avais appris aussi ce fait très remarquable que la souche de la race d'Usher, si glorieusement ancienne qu'elle fût, n'avait jamais, à aucune époque, poussé de branche durable ; en d'autres termes, que la famille entière ne s'était perpétuée qu'en ligne directe, à quelques exceptions près, très insignifiantes et très passagères. C'était cette absence, – pensais-je, tout en rêvant au parfait accord entre le caractère des lieux et le caractère proverbial de la race, et en réfléchissant à l'influence que dans une longue suite de siècles l'un pouvait avoir exercé sur l'autre, – c'était peut-être cette absence de branche collatérale et la transmission constante de père en fils du patrimoine et du nom qui avaient à la longue si bien identifié les deux, que le nom primitif du domaine s'était fondu dans la bizarre et équivoque appellation de *Maison Usher*, – appellation usitée parmi les paysans, et qui semblait, dans leur esprit, enfermer la famille et l'habitation de famille.

Edgar Allan Poe, « La chute de la maison Usher » dans *Nouvelles histoires extraordinaires*, trad. Charles Baudelaire, Flammarion, coll. « GF », 1965, p. 127-129.

S'approprier le texte

1. Montrez l'osmose (l'influence réciproque) qui existe entre la Maison Usher et ses habitants.

2. Pensez-vous qu'on puisse devenir esclave de sa maison ? Un patrimoine peut-il être un poids pour les héritiers ?

■ **Photogramme du film *La Chute de la maison Usher*, réalisé par Roger Corman, 1960, États-Unis.**

Dans ce film fantastique qui reprend la nouvelle d'Edgar Allan Poe, la maison semble bien vivante et s'apparente à un véritable personnage.

6. Honoré de Balzac, *Le Père Goriot*

Ce texte de Balzac (1799-1850) se situe au début du *Père Goriot* (1835). L'auteur y peint la maison de la pension bourgeoise qui appartient à Mme Vauquer. Elle est située dans le bas de la rue Neuve-Sainte-Geneviève. Avec la description sordide et répugnante de la Maison-Vauquer, Balzac montre comment le lieu et la propriétaire sont intimement liés, la maison manifestant ainsi l'âme de ceux qui l'habitent.

[La pension Vauquer]

Cette pièce est dans tout son lustre au moment où, vers sept heures du matin, le chat de Mme Vauquer précède sa maîtresse, saute sur les buffets, y flaire le lait que contiennent plusieurs jattes couvertes d'assiettes, et fait entendre son *ronron* matinal. Bientôt la veuve se montre attifée de son bonnet de tulle sous lequel pend un tour de faux cheveux mal mis ; elle marche en traînassant ses pantoufles grimacées. Sa face vieillotte, grassouillette, du milieu de laquelle sort un nez en bec de perroquet, ses petites mains potelées, sa personne dodue comme un rat d'église, son corsage trop plein et qui flotte sont en harmonie avec cette salle où suinte le malheur, où s'est blottie la spéculation, et dont Mme Vauquer respire l'air chaudement fétide sans être écœurée. Sa figure fraîche comme une première gelée d'automne, ses yeux ridés, dont l'expression passe du sourire prescrit aux danseuses à l'amer renfrognement de l'escompteur[1], enfin toute sa personne explique la pension, comme la pension implique sa personne. Le bagne ne va pas sans l'argousin[2], vous n'imagineriez pas l'un sans l'autre. L'embonpoint blafard de

---

1. Escompteur : acheter ou vendre un effet de commerce non échu. L'escompte est une technique financière permettant d'obtenir de la trésorerie.
2. Argousin : surveillant de bagne mal considéré.

cette petite femme est le produit de cette vie, comme le typhus est la conséquence des exhalaisons d'un hôpital. Son jupon de laine tricotée, qui dépasse sa première jupe faite avec une vieille robe et dont la ouate s'échappe par les fentes de l'étoffe lézardée, résume le salon, la salle à manger, le jardinet, annonce la cuisine et fait pressentir les pensionnaires. Quand elle est là, ce spectacle est complet. Âgée d'environ cinquante ans, Mme Vauquer ressemble à toutes les *femmes qui ont eu des malheurs*. Elle a l'œil vitreux, l'air innocent d'une entremetteuse [1] qui va se gendarmer pour se faire payer plus cher, mais d'ailleurs prête à tout pour adoucir son sort, à livrer Georges ou Pichegru si Georges ou Pichegru étaient encore à livrer. Néanmoins, elle est *bonne femme au fond*, disent les pensionnaires, qui la croient sans fortune en l'entendant geindre et tousser comme eux. Qu'avait été M. Vauquer ? Elle ne s'expliquait jamais sur le défunt. Comment avait-il perdu sa fortune ? Dans les malheurs, répondait-elle. Il s'était mal conduit envers elle, ne lui avait laissé que les yeux pour pleurer, cette maison pour vivre et le droit de ne compatir à aucune infortune, parce que, disait-elle, elle avait souffert tout ce qu'il est possible de souffrir. […]

À l'époque où cette histoire commence, les internes étaient au nombre de sept. […] outre les sept pensionnaires internes, Mme Vauquer avait, bon an mal an, huit étudiants en Droit ou en Médecine, et deux ou trois habitués qui demeuraient dans le quartier, abonnés tous pour le dîner seulement. La salle contenait à dîner dix-huit personnes et pouvait en admettre une vingtaine ; mais le matin, il ne s'y trouvait que sept locataires dont la réunion offrait pendant le déjeuner l'aspect d'un repas de famille. Chacun descendait en pantoufles, se permettait des observations confidentielles sur la mise ou sur l'air des externes, et sur les

1. **Entremetteuse** : personne qui sert d'intermédiaire pour faciliter un accord, et en particulier dans une intrigue galante.

événements de la soirée précédente, en s'exprimant avec la confiance de l'intimité. Ces sept pensionnaires étaient les enfants gâtés de Mme Vauquer, qui leur mesurait avec une précision d'astronome les soins et les égards d'après le chiffre de leurs pensions.

Honoré de Balzac, *Le Père Goriot*, Flammarion, coll. « Étonnants Classiques », 2012, p. 63-64 et 67.

S'approprier le texte

1. Montrez comment la maison Vauquer est le reflet de sa propriétaire.

2. Est-on nécessairement imprégné par le lieu dans lequel on habite ?

■ 7. António Lobo Antunes, *Le Cul de Judas*

Le Cul de Judas est le deuxième roman de l'écrivain portugais António Lobo Antunes (né en 1942), publié en 1979. À Lisbonne, une nuit dans un bar, un homme parle à une femme. Ils boivent et l'homme raconte un cauchemar horrible et destructeur : son séjour traumatisant comme médecin en Angola. L'extrait qui suit montre l'incapacité qu'a l'auteur, à son retour, à mener convenablement une vie de famille. Le vide de son appartement devient le symbole de sa misère morale.

[Chez vous ou chez moi ?]

Chez vous ou chez moi ? J'habite derrière la Fontaine Lumineuse, à la Picheleira [1], dans un appartement d'où l'on voit le fleuve, l'autre rive, le pont, la ville la nuit, du style dépliant imprimé pour touristes, et chaque fois que j'ouvre la porte et que

1. Picheleira : quartier de Lisbonne.

je tousse, le fond du couloir me retourne l'écho de ma toux, et une drôle d'impression me prend, vous comprenez, quand je me dirige vers moi-même dans le miroir aveugle de la salle de bains où un sourire triste m'attend, suspendu aux lèvres comme une guirlande de Carnaval achevé. Vous est-il déjà arrivé de vous observer quand vous êtes seule et que les gestes s'embrouillent dans une disharmonie orpheline, les yeux cherchent chez votre reflet une compagnie impossible, la cravate à pois nous donne l'aspect dérisoire d'un pauvre clown faisant son numéro, qui ne fait pas rire, devant un cirque vide ? À ces moments-là, j'ai l'habitude de m'asseoir par terre dans la chambre de mes filles qui me rendent visite tous les quinze jours, éparpillant des miettes et des images dans les pièces désertes, et dont je surveille le sommeil avec une sollicitude émue, en trébuchant sur des jambes de poupée, sur des bandes dessinées et des berceaux en baquelite, disposés sur la moquette selon un code mystérieux que j'essaye péniblement de reconstituer en leur absence, de la même façon que, devant la photo des morts nous cherchons dans notre mémoire les expressions fugitives que, trop liquides, les photos laissent couler entre les doigts. Le mardi et le vendredi, une Capverdienne que je n'ai jamais vue et avec qui je communique par l'intermédiaire de messages cérémonieux déposés sur le buffet de la cuisine, et qui remet les objets et les meubles dans l'ordre excessivement géométrique de la solitude, auquel le manque de poussière confère une impersonnalité aseptisée de salle de pansements, étend sur le fil de mon balcon mon linge monotone d'homme qu'aucun soutien-gorge ne vient égayer de suggestions conjugales. De temps en temps, des femmes rencontrées au hasard des coins de canapé lors d'une réunion d'amis, tout comme lorsqu'on découvre de la monnaie inattendue dans les poches de sa veste d'hiver, montent avec moi dans l'ascenseur pour une rapide imitation d'éblouissement et de tendresse dont je connais par cœur les moindres détails, depuis le premier whisky d'un air dégagé jusqu'au premier coup d'œil de désir suffisamment long pour ne pas être sincère, jusqu'à la fin de l'amour dans le barbotage du bidet où les grandes effusions se dissolvent à force de savonnette, de rage et d'eau tiède. Nous nous disons au revoir dans le hall, nous échangeons des numéros de téléphone que nous oublions aussitôt, et un baiser sans illusion que l'absence de rouge à lèvres rend incolore, et elles s'évaporent de ma vie abandonnant sur le drap la tache de blanc d'œuf qui constitue une sorte de sceau blanc certifiant que l'amour est fini : seul un parfum étrange qui habille mes aisselles d'odeur de cocotte et un trait de fond de teint au cou que je découvre le lendemain, lors du hara-kiri [1] sanglant du rasage, me garantissent le bref passage réel par mon lit de ce que je croyais déjà n'être que des artifices imprécis que la mélancolie invente.

António Lobo Antunes, *Le Cul de Judas*, trad. Pierre Léglise-Costa, © Éditions Métailié, Paris, 1983 ; 1997, p. 100-101.

S'approprier le texte

1. Montrez comment l'appartement reflète l'existence vide du narrateur.

2. En quoi cette chambre représente-t-elle une parodie de « chambre d'amour » ?

1. Le hara-kiri : littéralement « coupure au ventre », est une forme rituelle de suicide masculin par éventration, apparue au Japon vers le XIIe siècle dans la classe des samouraïs. Ce rituel est officiellement abandonné par les Japonais en 1868.

8. Marcel Proust, *Du côté de chez Swann*

Marcel Proust (1871-1922) est un écrivain français, dont l'œuvre principale est la suite romanesque intitulée *À la recherche du temps perdu*, publiée de 1913 à 1927. Dans la première partie de l'œuvre, *Du côté de chez Swann*, le narrateur se remémore les différentes chambres qu'il a habitées. Il découvre alors le rôle prépondérant de l'habitude pour faire d'un lieu étranger un chez-soi, et ainsi s'approprier l'espace. Elle a permis au narrateur de rompre l'« étrange étrangeté » des différentes chambres dans lesquelles il a vécu, et de s'y sentir bien, en sécurité.

[L'habitude nous permet d'habiter une pièce]

Mais j'avais revu tantôt l'une, tantôt l'autre, des chambres que j'avais habitées dans ma vie, et je finissais par me les rappeler toutes dans les longues rêveries qui suivaient mon réveil ; chambres d'hiver où quand on est couché, on se blottit la tête dans un nid qu'on se tresse avec les choses les plus disparates : un coin de l'oreiller, le haut des couvertures, un bout de châle, le bord du lit, et un numéro des *Débats roses*, qu'on finit par cimenter ensemble selon la technique des oiseaux en s'y appuyant indéfiniment ; où, par un temps glacial, le plaisir qu'on goûte est de se sentir séparé du dehors (comme l'hirondelle de mer qui a son nid au fond d'un souterrain dans la chaleur de la terre), et où, le feu étant entretenu toute la nuit dans la cheminée, on dort dans un grand manteau d'air chaud et fumeux, traversé des lueurs des tisons qui se rallument, sorte d'impalpable alcôve, de chaude caverne creusée au sein de la chambre même, zone ardente et mobile en ses contours thermiques, aérée de souffles qui nous rafraîchissent la figure et viennent des angles, des parties voisines de la fenêtre ou éloignées du foyer, et qui se sont refroidis ; – chambres d'été où l'on aime être uni à la nuit tiède, où le clair de lune appuyé aux volets entr'ouverts jette jusqu'au pied du lit son échelle enchantée, où on dort presque en plein air, comme la mésange balancée par la brise à la pointe d'un rayon ; – parfois la chambre Louis XVI, si gaie que même le premier soir je n'y avais pas été trop malheureux, et où les colonnettes qui soutenaient légèrement le plafond s'écartaient avec tant de grâce pour montrer et réserver la place du lit ; parfois au contraire celle, petite et si élevée de plafond, creusée en forme de pyramide dans la hauteur de deux étages et partiellement revêtue d'acajou, où, dès la première seconde, j'avais été intoxiqué moralement par l'odeur inconnue du vétiver [1], convaincu de l'hostilité des rideaux violets et de l'insolente indifférence de la pendule qui jacassait tout haut comme si je n'eusse pas été là ; – où une étrange et impitoyable glace à pieds quadrangulaires barrant obliquement un des angles de la pièce se creusait à vif dans la douce plénitude de mon champ visuel accoutumé un emplacement qui n'y était pas prévu ; – où ma pensée, s'efforçant pendant des heures de se disloquer, de s'étirer en hauteur pour prendre exactement la forme de la chambre et arriver à remplir jusqu'en haut son gigantesque entonnoir, avait souffert bien de dures nuits, tandis que j'étais étendu dans mon lit, les yeux levés, l'oreille anxieuse, la narine rétive, le cœur battant ; jusqu'à ce que l'habitude eût changé la couleur des rideaux, fait taire la pendule, enseigné la pitié à la glace oblique et cruelle, dissimulé, sinon chassé complètement, l'odeur du vétiver, et notablement diminué la hauteur apparente du plafond. L'habitude ! aménageuse habile mais bien lente, et qui commence par laisser souffrir notre esprit pendant des semaines dans une installation provisoire ; mais que malgré tout il est bien heureux de trouver, car

1. **Vétiver :** plante tropicale dont l'odeur éloigne les insectes et dont la racine est utilisée en parfumerie.

sans l'habitude et réduit à ses seuls moyens, il serait impuissant à nous rendre un logis habitable.

Marcel Proust, *Du côté de chez Swann*, Flammarion, coll. « GF », 2009, « Combray », p. 102-103.

S'approprier le texte

1. A-t-on besoin de passer du temps dans un lieu pour s'y sentir chez soi ?
2. En quoi est-il nécessaire de se sentir en sécurité chez soi pour s'y sentir bien ?

3. Décorer chez soi

La maison n'assure pas qu'un simple prolongement de soi. En effet, il n'y a de « chez soi » possible que si ceux qui y habitent y imposent leur marque, leur sceau, notamment par la décoration choisie. Faire sa chambre, sa cuisine, son salon, sa salle de bains à son image, voilà ce qui fait toute la valeur affective d'une maison aux yeux de ses occupants. C'est par son intérêt pour le lieu et par son investissement personnel qu'un propriétaire transforme « une » maison en « sa » maison. Cette reconnaissance de soi chez soi se retrouve dans l'élégance de l'appartement de Monsieur Ozu (texte 9). La folie de Louis II de Bavière imprègne tout son château de Herrenchiemsee (texte 10). Rentrer à l'intérieur d'une maison n'est donc pas un acte anodin. On y découvre, matérialisé dans la décoration intérieure, l'être profond de ceux qui y habitent.

9. Muriel Barbery, *L'Élégance du hérisson*

Muriel Barbery (née en 1969) nous présente, dans son roman *L'Élégance du hérisson*, Renée Michel, veuve de cinquante-quatre ans et concierge d'un immeuble cossu situé au 7, rue de Grenelle, dans le 6e arrondissement de Paris. Sous l'apparence d'une femme négligée et inculte, image qu'elle entretient auprès des riches locataires de l'immeuble, Renée cache en réalité une grande érudition et un intérêt prononcé pour les arts. Dans ce passage, elle est invitée par un des résidents de son immeuble, un Japonais fin et délicat qui comprend qui elle est. La description que Renée donne de l'appartement – et notamment de la cuisine – en montre toute l'élégance.

[Cuisine et élégance]

Chez M. Ozu, c'est très grand et très beau. Les récits de Manuela m'avaient préparée à un intérieur japonais, mais s'il y a bien des portes coulissantes, des bonsaïs, un épais tapis noir bordé de gris et des objets à la provenance asiatique – une table basse de laque sombre ou, tout le long d'une impressionnante enfilade de fenêtres, des stores en bambou qui, diversement tirés, donnent à la pièce son atmosphère levantine –, il y a aussi un canapé et des fauteuils, des consoles, des lampes et des bibliothèques de facture européenne. C'est très… élégant. Ainsi que Manuela et Jacinthe Rosen l'avaient noté, en revanche, rien n'est redondant. Ce n'est pas non plus épuré et vide, comme je me l'étais représenté en transposant les intérieurs des films d'Ozu[1] à un niveau plus luxueux mais sensiblement identique dans le dépouillement caractéristique de cette étrange civilisation.

– Venez, me dit M. Ozu, nous n'allons pas rester ici, c'est trop cérémonieux. Nous allons dîner à la cuisine. D'ailleurs, c'est moi qui cuisine.

Je réalise qu'il porte un tablier vert pomme sur un pull à col rond couleur châtaigne et un pantalon de toile beige. Il a aux pieds des savates de cuir noir.

Je trottine derrière lui jusqu'à la cuisine. Misère. Dans tel écrin, je veux bien cuisiner chaque jour, y compris pour Léon[2]. Rien ne peut y être ordinaire et jusqu'à ouvrir une boîte de Ronron doit y paraître délicieux.

– Je suis très fier de ma cuisine, dit M. Ozu avec simplicité.

– Vous pouvez, dis-je, sans l'ombre d'un sarcasme.

Tout est blanc et bois clair, avec de longs plans de travail et de grands vaisseliers emplis de plats et de coupelles de porcelaine

---

1. Ozu : Kakuro Ozu (personnage du livre) est parent du cinéaste Yasujirō Ozu, que Renée affectionne.

2. Léon : chat de Renée Michel.

bleue, noire et blanche. Au centre, le four, les plaques de cuisson, un évier à trois vasques et un espace bar sur un des accueillants tabourets duquel je me perche, en faisant face à M. Ozu qui s'affaire aux fourneaux. Il a placé devant moi une petite bouteille de saké chaud et deux ravissants godets en porcelaine bleue craquelée.

– Je ne sais pas si vous connaissez la cuisine japonaise, me dit-il.

– Pas très bien, réponds-je.

Une vague d'espoir me soulève. On aura en effet pris note de ce que, jusqu'à présent, nous n'avons pas échangé vingt mots, tandis que je me tiens en vieille connaissance devant un M. Ozu qui cuisine en tablier vert pomme. [...]

La soirée pourrait fort bien n'être qu'une initiation à la cuisine asiatique. Foin de Tolstoï et de tous les soupçons [1] : M. Ozu, nouveau résident peu au fait des hiérarchies, invite sa concierge à un dîner exotique.

Muriel Barbery, *L'Élégance du hérisson*,
© Éditions Gallimard, 2006, p. 264-266.

S'approprier le texte

1. Montrez comment l'appartement de M. Ozu allie des styles d'origines différentes dans son ameublement.

2. Pensez-vous qu'un style plus épuré d'ameublement aide à se sentir mieux chez soi ?

10. Aldo Oberdorfer, *Louis II de Bavière*

Aldo Oberdorfer (1885-1941), auteur italien, nous présente ici Ludwig II, roi de Bavière. Souvent considéré comme le « roi fou », il

1. Kakuro Ozu a offert, quelques jours auparavant, un cadeau à Renée : il présume, à juste titre, qu'elle appréciera le roman *Anna Karénine* de Léon

est aussi et surtout un amoureux des arts, qui au fil de ses rêveries fit construire plusieurs châteaux fabuleux, ces derniers faisant la fierté de la Bavière... Dans ce texte, qui retrace la construction du château de Herrenchiemsee[1], dernière demeure du roi, on peut constater le délire qui anime Ludwig II dans son désir d'égaler, voire de surpasser Louis XIV, le Roi-Soleil. La débauche de dorures et de références à la cour de France montre la difficulté qu'il y a à se trouver soi chez soi.

[Une maison de fou]

Ici, la manie, l'obsession se présentent avec une évidence troublante. Herrenchiemsee, lorsque l'on pense qu'il a surgi entre 1878 et 1886, fait naître un malaise à peu près semblable à celui que procurerait un bal dans une maison de fous ; tout va bien et une seule chose, grande et terrible ne va pas. Comme tous les fous, Louis raisonne à la perfection. Sa croissante manie impériale est parfaitement logique dans sa recherche d'expressions toujours plus grandioses, fastueuses, spectaculaires. Après le Petit Trianon, c'est la magnificence de Versailles. Mais, le travail une fois commencé, Versailles ne suffit plus ; il faut plus de statues, plus de marbres, plus d'or ; de l'or à en couvrir les plafonds et les murs, les meubles et les surtouts, les bronzes et les stucs, les velours et les bois fins. Il faut de l'or et des pierres dures et des marbres précieux comme à Versailles, plus qu'à Versailles. Attention, si on lui présente – soit par hâte ou par nécessité de moins dépenser – du plâtre pour du marbre, Louis le casse avec son parapluie dont il ne se sépare jamais, le plus grand parapluie

---

Tolstoï, et lui en offre donc un exemplaire. Renée, quelque peu désappointée, a peur que sa vraie nature n'ait été démasquée.

1. **Herrenchiemsee** est un château construit par le roi Louis II de Bavière sur Herrenchiemsee, une île du lac de Chiem (Chiemsee), à 80 kilomètres à l'est de Munich en direction de Salzbourg. C'est le dernier des châteaux de Louis II de Bavière, resté inachevé.

de Bavière. Il faut du marbre pour les statues du jardin et les revêtements des parois, du marbre de couleurs fortes et délicates, brillant et précieux. Et il faut aussi beaucoup de place, une place capable de contenir toute la foule bariolée qui se mouvait autrefois dans la somptuosité de Versailles.

Plus que cela même ; toute la foule qui s'agite dans l'imagination du roi, foule d'ombres capable de peupler un monde qui arrive bruyamment au moindre geste et disparaît de même. Les proportions en sont énormes comme jamais un roi de Bavière n'en a rêvé pour ses constructions : les proportions de Versailles, plus encore. [...] Seul avec ses ombres, le roi fou errait dans la salle immense. Il s'inclinait devant Marie-Thérèse, Marie Leszynska ou Marie-Antoinette, dauphine de France ; il regardait, soupçonneux, mi-galant, Mlle de la Vallière ou Mlle de Montpensier, la Montespan et la Maintenon, la Pompadour et la du Barry, et toute l'équipe des moindres divinités qui avaient régné peu chastement aux côtés des deux grands homonymes. Seul avec cette foule, Louis II cheminait lentement de son pas de procession qui, il le supposait du moins, avait toujours un peuple pour l'admirer. Il cheminait, gesticulant, parlant, répondant aux hommages avec une grandeur espagnole, courtois et humain comme peuvent l'être ceux qui ne connaissent que Dieu qui soit au-dessus d'eux. [...] Les lis d'or célébraient la noblesse des Bourbons sur le velours bleu des divans. Les devises chères au Roi-Soleil l'aiguillonnaient de leur éloquence pleine de concision : « L'État, c'est moi ! Le roi gouverne par lui-même. *Nec pluribus impar* [1]. Une foi, une loi, un roi. » Il marchait, heureux, solennel et comme déifié. L'écho, seul signe de vie en ce monde splendide de morts, lui renvoyait dans ce vide immense le son de son pas.

Aldo Oberdorfer, *Louis II de Bavière. La légende et la vérité (1845-1886)*,
trad. Albert Falcionelli, © Éditions Payot,
Paris, 1937 ; 1986, p. 231-233.

---

1. ***Nec pluribus impar*** : il s'agissait de la devise de Louis XIV, « À nul autre pareil ! ».

S'approprier le texte

1. Montrez en quoi la richesse de la décoration n'est jamais suffisante pour Louis II de Bavière.

2. Peut-on se contenter de copier l'habitat des autres pour faire d'une maison « sa » maison ?

4. Patrimoine et héritage

Posséder une maison à soi demande qu'on l'entretienne. Ce qui implique nécessairement un coût financier. Henry David Thoreau (texte 11) nous fait prendre conscience de la servitude qui est la nôtre envers nos maisons. Non seulement nous devons les nettoyer – ce qui prend du temps et demande de l'énergie – mais, en plus, nous désirons les meubler et y assurer un confort qui, en réalité, est superflu. D'où le fait que nous nous ruinons en vain pour elles, aux dépens d'autres activités. Mais peut-on se défaire si facilement des meubles et des objets qui peuplent nos maisons ? Ils sont dépositaires de nos mémoires. Les vendre revient alors un peu à se perdre soi-même. La maison et les objets qu'elle renferme sont en effet les dépositaires de nos mémoires. D'où l'importance des maisons de famille. Elles sont, comme l'expose si justement Christine Jordis (texte 12), ce qui assure le lien entre les générations : une identité s'y crée et s'y perpétue. La transmission et l'héritage comptent. Cette nécessité de maintenir vivace dans le temps ce qui peut faire la spécificité et la valeur d'une maison est clairement mise en évidence par la donation par le duc d'Aumale de son château de Chantilly à l'institut de France. Il a ainsi permis que soit préservée dans son intégralité la plus grande collection française d'œuvres d'art classique après celle du Louvre (texte 13).

11. Henry David Thoreau, *Walden ou la Vie dans les bois*

Henry David Thoreau (1817-1862) est un philosophe, naturaliste et poète américain. Il nous propose dans la partie « Je vivais seul, dans les bois » de son livre *Walden ou la Vie dans les bois* (1854), un éloge du retour à la nature et à une vie simple en accord avec soi-même.

Pendant deux ans et deux mois, il partit vivre seul, dans les bois, au bord de l'étang de Walden (Concord, Massachusetts) dans une cabane qu'il construisit lui-même. Dans le texte ci-dessous, Thoreau nous montre à quel point une telle vie s'approche de la liberté. Avoir une maison en dur, solide, meublée, décorée, nous en rend esclave. Elle demande notre temps, notre énergie et notre argent. Contraints de l'entretenir, nous n'avons plus de disponibilité pour penser à nous. Le propre de l'homme n'est donc pas le sédentarisme [1] mais le nomadisme [2]. Vivre libre signifie donc vivre sans attache matérielle.

[Le poids financier d'une maison]

La plupart des hommes semblent n'avoir jamais considéré ce qu'est une maison, et s'appauvrissent, en fait – quoiqu'inutilement – pour la vie, parce qu'ils croient qu'il leur en faut une comme celle de leurs voisins. Comme si l'on devait porter n'importe quelle sorte d'habit que le tailleur aurait coupé pour vous, ou, abandonnant petit à petit les chapeaux de feuilles de palmier ou les bonnets de fourrure de marmotte, se plaindre que les temps sont durs parce qu'on ne peut se permettre d'acheter une couronne ! Il est possible d'inventer une maison encore plus commode et luxueuse que les nôtres, lesquelles, tous l'admettent, on ne peut payer. Serons-nous toujours en train de chercher à obtenir davantage, au lieu de nous contenter parfois de moins ? Le citoyen respectable devra-t-il ainsi enseigner gravement, par le précepte et l'exemple, la nécessité pour le jeune homme de se procurer une quantité superflue de snow-boots [3], de parapluies,

1. Sédentarisme : attitude de l'individu qui mène une vie sédentaire. À l'heure actuelle, le terme est plutôt associé au sédentarisme physique (le manque d'activité physique). À l'origine, cependant, le sédentarisme désignait l'établissement définitif d'une communauté humaine à un endroit donné.

2. Nomadisme : genre de vie caractérisé par le déplacement permanent de groupes humains.

3. Snow-boots : bottines en caoutchouc qui protègent de la neige.

et de chambres d'amis vides, pour des amis aussi vides, avant qu'il ne meure ? Pourquoi nos meubles ne seraient-ils pas aussi simples que ceux de l'Arabe ou de l'Indien ? Lorsque je songe aux bienfaiteurs de notre race, à ceux que nous avons vénérés comme des messagers du ciel, apportant aux hommes des dons divins, je ne vois pas, dans l'image que je m'en fais, une suite sur leurs talons, ni des chariots pleins de meubles élégants. [...] Aujourd'hui, nos maisons sont encombrées et enlaidies par les meubles, et une bonne maîtresse de maison devrait balayer la plupart d'entre eux, et les reléguer à la fosse à ordures, pour terminer à temps sa besogne de chaque matin. Le travail du matin ! Par les rougeurs d'Aurore, et la musique de Memnon[1], quel devrait être le *travail du matin* de l'homme, en ce monde ? J'avais sur ma table de travail trois morceaux de pierre calcaire, mais je découvris avec terreur qu'il me fallait chaque jour les épousseter, alors que le mobilier de mon esprit était encore tout couvert de poussière, et je les jetai par la fenêtre de dépit. Comment pourrais-je alors avoir des meubles dans ma maison ? Je préfère rester assis au grand air, car la poussière ne reste pas sur l'herbe, sauf là où l'homme a bêché le sol. [...]

La simplicité et la sobriété de la vie des hommes, dans les temps primitifs, avaient au moins cet avantage qu'il ne cessait jamais d'être en contact avec la nature. Quand il avait trouvé le repos dans le sommeil, et avait apaisé sa faim, il songeait de nouveau à son voyage. Il demeurait, en quelque sorte, sous une tente, dans ce monde, suivant les vallons, traversant les plaines, grimpant au sommet des montagnes. Mais voici que les hommes sont devenus les outils de leurs outils. L'homme qui cueillait à sa guise les fruits quand il avait faim est devenu un fermier ; et celui qui s'abritait sous un arbre est le maître d'une maison.

1. Une fissure dans la statue antique du colosse de Memnon produisait une sorte de musique au lever du soleil.

Nous ne campons plus sur terre, comme si nous y étions seulement pour une nuit, nous nous y sommes installés, oubliant le ciel.

Henry David Thoreau, *Walden ou la Vie dans les bois*, trad. Germaine Landré-Augier, Aubier, 1967, p. 57-59.

S'approprier le texte

1. Expliquer comment la sédentarisation crée la démarcation entre un intérieur et un extérieur.

2. En quoi le fait de vivre dans une maison nous rend-il esclave de celle-ci ?

12. Christine Jordis, *Prudence et Passion*

Christine Jordis (née en 1942) est une écrivaine, journaliste, critique littéraire et éditrice française. Dans ce texte, elle nous invite à prendre conscience du paradoxe inhérent à la maison de famille. Celle-ci – porteuse de toutes les traditions familiales – doit, en outre, répondre aux exigences de la vie moderne. Elle est ainsi le témoin et le garant du temps qui passe et qui transmet son héritage de génération en génération.

[La maison de famille]

Quittant l'Angleterre où elle avait vécu pendant des années, la famille Dalembert s'était fixée à Paris. Elle occupait un petit appartement, dont elle avait hérité – impossible par les temps qui courent de rien acheter – dans une maison construite au XIXe siècle. Autrefois cette maison avait été habitée par la famille. Mais depuis la guerre, des temps plus durs étaient venus et il avait fallu réduire. Frères et cousins s'étant mariés et leurs épouses faisant preuve d'un désir bien légitime d'indépendance, ils avaient quitté les murs qui contenaient tant – trop peut-être – de l'histoire familiale. Chargés de meubles et de bibelots, ils avaient émigré vers des cieux moins onéreux que ceux de leur septième arrondissement. Lequel était occupé surtout par des vieux et par des ministères, plus récemment par de riches étrangers, des néopropriétaires qui venaient s'acheter un passé et afficher leur réussite ou bien spéculaient tout simplement sur la montée des prix dans l'immobilier et revendaient après quelque six mois un achat bien avisé pour se retrouver un peu plus renfloués encore. [...]

Mme Dalembert et ses deux filles, Éléna et Marianne, menaient à l'étage supérieur, dans un appartement joliment mansardé – anciennement une suite de chambres de bonne –, une vie régulière et silencieuse, si bien que les voisins, des couples tranquilles et sans éclat, parfois croisés dans les escaliers, appréciaient leur présence. M. Dalembert était mort après une brève maladie, léguant à ses filles la nue-propriété de leur logis et à sa femme l'usufruit. Soir et matin, elles traversaient le grand hall d'entrée au rez-de-chaussée, un espace majestueux, dernier vestige d'une splendeur perdue, que les agences faisaient volontiers visiter aux éventuels acheteurs en s'exclamant sur la bizarrerie de l'endroit (un atout dans la vente), sans toutefois mentionner qu'il aurait pu servir d'illustration à un XIXe siècle dépeint dans les œuvres de Balzac. [...]

L'esprit familial, celui qu'on se transmet d'une génération à l'autre avec les valeurs qu'on juge précieuses, était ainsi incarné dans un lieu conservé à travers les années. Le XIXe aristocratique s'y attardait et communiquait aux habitants de l'immeuble un air de ce passé désuet qui formait un contraste total avec le restant du monde contemporain, plus que jamais divisé pourtant, si l'on reprend les deux termes du titre d'un roman de ce même

Balzac[1], entre la « misère » et la « splendeur » (chacun de ces deux termes devant d'ailleurs être relativisé). Sans y prendre garde, Éléna et Marianne en absorbaient l'atmosphère, celle d'une époque révolue où les objets, témoins de la vie quotidienne, demeuraient en place à tout jamais, s'inscrivant dans une continuité que ne menaçait aucun changement, aucune rupture brutale, et qui constituait un parfait contrepoint au tempo chaotique de la vie actuelle.

Christine Jordis, *Prudence et Passion*,

S'approprier le texte

1. Montrez comment la maison de famille permet à la nouvelle génération de faire face à la crise du logement.

2. Comment une maison familiale peut-elle contribuer à la construction d'une identité personnelle ?

---

13. Éric Woerth, *Le Duc d'Aumale*

Le domaine de Chantilly est l'un des joyaux du patrimoine français. Il est aussi l'œuvre d'un homme au destin exceptionnel : Henri d'Orléans, duc d'Aumale (1822-1897), cinquième fils de la reine Marie-Amélie et du roi Louis-Philippe – dernier roi des Français –, présenté ici par Éric Woerth, homme politique français né en 1956. Collectionneur passionné, le duc se voit confronté, à la fin de sa vie, à la question de son héritage : que faire de son château de Chantilly ? Celui-ci, en effet, est un véritable musée, abritant la deuxième plus grande collection française d'œuvres d'art classique après celle

1. Référence au roman de Balzac, *Splendeurs et misères des courtisanes* (1838-1847).

du Louvre. Sans enfant, le duc décide alors d'en faire don à l'Institut de France[1]. Grâce aux précautions testamentaires prises par le duc d'Aumale, Chantilly reste, plus d'un siècle plus tard, un écrin de richesses préservées où le charme du XIXe siècle continue d'opérer.

[Une maison à transmettre]

En 1882, Aumale a soixante ans. C'est un homme seul : la mort lui a ravi les êtres qui lui étaient le plus chers [...]. Reconstruire Chantilly, le rendre à sa magnificence d'antan, y exposer l'une des plus belles collections de peintures, dessins, livres et objets d'art jamais réunie sont désormais ses seules joies [...]. [F]évrier 1880, il s'installe définitivement à Chantilly, où il mène une vie consacrée à l'étude et à la chasse, [...] Son cabinet des livres est devenu le centre névralgique du château : c'est là qu'il travaille à la rédaction de son *Histoire des Condé*, examine les catalogues de vente d'œuvres d'art, classe les tableaux et les livres récemment acquis, choisit de nouvelles reliures pour les ouvrages abîmés, reçoit son architecte, « le cher Daumet », et les membres des associations de bibliophiles [...], décide des améliorations à apporter à son domaine.[...] Chantilly est son œuvre [...], [I]l a plaisir à faire partager son trésor et reçoit beaucoup, pour des dîners ou des chasses, sans jamais manquer de faire admirer ses collections.[...]

[I]l décide dès 1878 d'ouvrir le château et le parc au public deux fois par semaine, les jeudis et les dimanches, entre le 1er juin et le 1er octobre, afin de permettre au plus grand nombre

1. Créé en 1795, l'**Institut de France** a pour mission d'offrir aux cinq Académies un cadre harmonieux pour travailler au perfectionnement des lettres, des sciences et des arts, à titre non lucratif. Placé sous la protection du président de la République, il est également le gardien d'un important patrimoine composé de demeures et de collections qui lui ont été léguées depuis la fin du XIXe siècle.

de découvrir Chantilly et les œuvres d'art qu'il y a rassemblées avec tant de goût. Les Grandes Écuries, véritable « palais pour les chevaux » […] ; le Hameau […] composé de maisons de village construites en pan de bois, couvertes de chaume, […] mais dont le luxe de l'aménagement intérieur provoquait surprise et ravissement chez les visiteurs que le prince y amenait à dîner, souper ou écouter de la musique ; la maison de Sylvie, enfin, construite […] pour être un lieu d'agrément […], sont eux aussi restaurés et peuvent être visités.

Dans cette existence organisée autour de Chantilly et de ses collections, il y a cependant deux échappatoires : Paris et les voyages. […]

Seuls les rhumatismes […] et une grave attaque de goutte et de fièvre […] peuvent modérer l'enthousiasme d'Aumale pour ces voyages ponctuant chaque année de leurs plaisirs inattendus.

La détérioration de son état de santé, […] a cependant une autre conséquence, celle de le conduire à réfléchir sérieusement à ses dispositions testamentaires. […] [I]l ne trouve pas de solution pour Chantilly. Son souhait le plus profond est en effet de maintenir l'unité de ce domaine et des collections qu'il y a entreposées. […]

À ses amis, Aumale répète souvent : « Chantilly représente une grande unité territoriale, une grande unité historique, une grande unité artistique. Je tremble à la pensée que tout cela sera dispersé après moi au feu des enchères. » L'idée du legs à l'Institut lui est finalement suggérée par le jeune préfet de l'Oise, Justin de Selves, et Aumale l'adopte sans hésiter dans le testament qu'il rédige le 3 juin 1884. […] L'Institut, choisi pour sa capacité à maintenir « son indépendance au milieu des fluctuations politiques », est apparu aux yeux d'Aumale comme la seule institution […] en mesure de lui garantir le respect et la conservation de ce qui constituait l'œuvre de sa vie.

Éric Woerth, *Le Duc d'Aumale. L'étonnant destin d'un prince collectionneur*,

S'approprier le texte

1. Pensez-vous que les héritages puissent mettre en péril certaines demeures d'exception ?
2. « Vivre heureux en son château » : montrez en quoi cette expression demande aussi de penser une ouverture de sa maison aux autres.

Prolongements

Je regarde le documentaire « Si les murs de Windsor pouvaient parler », présenté par Stéphane Bern (France TV, 2020).

Pour Élisabeth II, le château de Windsor, c'est d'abord sa maison. En 1917, sa famille en prend même le nom afin de faire oublier ses origines germaniques. La reine y passe désormais le plus clair de son temps.

Je regarde le film *Cuisine et Dépendances*, de Philippe Muyl (1993).

Jacques et Martine, couple de bourgeois ordinaires, invitent à dîner deux amis perdus de vue depuis dix ans. Le parti pris du film est de ne jamais montrer le déroulement du dîner lui-même. Son intrigue se déroule principalement dans la cuisine où les divers personnages interviennent pour exprimer tour à tour leurs critiques, leurs dépits ou encore leurs rancœurs.

Je regarde le film *Festen*, de Thomas Vinterberg (1998).

Helge fête ses soixante ans. À cette occasion, il convie toute sa famille dans une grande maison. Au cours du dîner, le fils aîné, Christian, est invité à dire quelques mots : certaines vérités difficiles à entendre vont être révélées...

J'écoute la conférence « Emmanuel Pontremoli et la villa Kérylos aux sources de la Grèce antique », d'Annie Regond (2008).

Passionné par la Grèce ancienne, Théodore Reinach commanda à son ami, l'architecte Emmanuel Pontremoli, une villa sur les modèles de la Grèce des IIe et Ier siècles av. J.-C. Ce projet déboucha, en 1908, sur la villa Kérylos, reconstitution d'une maison de Délos [1], et bénéficiant de toutes les commodités que pouvait offrir ce début de XXe siècle. Sa beauté séduit et fascine encore aujourd'hui.

1. **Délos** : l'une des îles des Cyclades, en Grèce.

II. La maison, zone d'interaction entre l'intérieur et l'extérieur

La maison procure certes un intérieur, mais celui-ci n'est appréciable qu'en fonction d'un extérieur. Il n'est qu'à prendre en compte la difficulté qui a été celle d'un grand nombre de nos concitoyens durant les confinements pour s'en convaincre. Rester chez soi sans jamais sortir donne le sentiment d'être cloîtré, emprisonné. Cette situation a engendré un accroissement considérable de la détresse psychique et des violences domestiques. Pour se sentir bien chez soi, il faut avoir la liberté d'aller dehors. Habiter implique un va-et-vient continuel : il ne s'agit pas seulement de vivre à un endroit, mais de pouvoir choisir les moments où l'on s'y rend. On privilégie alors tantôt l'espace privé de la maison, tantôt l'espace public : la rue, la cage d'escalier de l'immeuble...

Mais la séparation entre l'intérieur et l'extérieur n'est pas toujours nette. Dans nos environnements hyperurbanisés [1], dans les villes surpeuplées, les voisins nous entourent de toutes parts, et peuvent envahir notre espace privé indépendamment de notre volonté. Vivre en bon voisinage n'est pas toujours aisé. L'augmentation des conflits, notamment pour cause de tapage tant nocturne que diurne, rappelle que l'on ne peut pas faire absolument ce que l'on veut chez soi, une fois la porte de son domicile fermée. Mais ces intrusions peuvent se révéler parfois plus violentes, plus traumatisantes encore : que ce soit en raison des cambriolages ou par peur des fantômes, il n'est pas simple de se sentir toujours en sécurité chez soi.

---

1. **Hyperurbanisation** : urbanisation extrême.

1. La maison comme lieu de l'hospitalité

La maison est donc à penser dans une articulation constante entre intérieur et extérieur. Ces deux dimensions se retrouvent du reste dans sa symbolique, telle qu'elle nous est présentée par Jean Chevalier et Alain Gheerbrandt (texte 14) : on ne construit une maison dans un certain lieu qu'en fonction d'un plan cosmique ou géographique plus vaste. On n'habite donc pas n'importe où, ni n'importe comment. Cette décision est encadrée par un art, un savoir-faire. Avoir un chez-soi implique également de pouvoir l'ouvrir aux autres. La porte d'entrée est, à ce titre, ce qui tient lieu de frontière entre l'intérieur et l'extérieur. Ouvrir sa porte à ceux qui viennent du dehors porte un nom : il s'agit de l'hospitalité. Jacques Derrida (texte 15) analyse de manière poussée cette notion et en montre sa complexité. En effet, recevoir, accueillir, ne veut pas dire admettre tout individu étranger. En réalité, l'hospitalité suppose de pouvoir sélectionner ses hôtes, et éventuellement fermer sa porte.

14. Jean Chevalier et Alain Gheerbrant, *Dictionnaire des symboles*

Dans cet article extrait du *Dictionnaire des symboles*, les auteurs, Jean Chevalier et Alain Gheerbrant, analysent la symbolique de la maison. Que représente-t-elle ? Quel sens revêt-elle pour l'humain ? Qu'on l'appréhende sous un regard anthropologique, historique, philosophique ou psychanalytique, la maison est loin d'être un lieu neutre. De tout temps et dans toutes les cultures, elle a une symbolique forte. Qu'elle soit ce qui nous relie à l'univers ou ce qui nous permet de penser notre rapport au corps, la maison implique un jeu constant d'ouverture et de fermeture qui ne permet pas de penser le « chez-soi » comme un lieu totalement clos sur lui-même.

[La symbolique de la maison]

Comme la cité[1], comme le temple[2], la maison est au centre du monde, elle est l'image de l'univers. La maison traditionnelle chinoise (MING-T'ANG) est carrée ; elle s'ouvre au soleil levant, le maître s'y tient face au sud, comme l'Empereur dans son palais ; l'implantation *centrale* de la construction s'effectue selon les règles de la géomancie[3]. Le toit est percé d'un trou pour la fumée, le sol d'un trou pour recueillir l'eau de pluie : la maison est ainsi traversée en son centre par l'axe qui joint les *trois mondes*. La maison arabe est aussi carrée, fermée autour d'une cour carrée, qui comporte en son centre jardin ou fontaine : c'est un univers clos à quatre dimensions, dont le jardin central est une évocation édénique, ouvert en outre exclusivement à l'influence céleste. La yourte[4] mongole est ronde, en relation avec le nomadisme, car le carré orienté implique la fixation spatiale ; le mât central, ou seulement la colonne de fumée, y coïncide avec l'Axe du monde.

Il y a des maisons de type particulier – proche à vrai dire du temple – qui expriment plus précisément encore ce symbolisme cosmique. Ainsi des *maisons communes* qui, en diverses régions (Asie orientale et Indonésie notamment), occupent le centre de la cité, à l'intersection des axes cardinaux ; ainsi de la loge de la *danse du soleil* chez les Sioux[5], case ronde comme la yourte,

1. Cité : nom donné à des ensembles d'immeubles ou de maisons formant un tout homogène.

2. Temple : édifice élevé en l'honneur d'une divinité ; lieu où l'on s'assemble pour l'exercice d'un culte.

3. Géomancie : technique de divination fondée sur l'analyse de figures composées par la combinaison de quatre points simples ou doubles (ou points et traits).

4. Yourte : habitat traditionnel (tente avec ossature démontable en bois recouvert de feutre) de nombreux nomades vivant en Asie centrale, notamment les Turcs, les Mongols et les Wakhis.

5. Sioux : tribus amérindiennes.

pourvue d'un pilier central, qui évoque non seulement le cycle solaire, mais aussi la manifestation spatiale et, par ses vingt-huit piliers reliés à l'axe, les mansions lunaires ; ainsi des loges [1] des sociétés secrètes, en Occident, où le caractère cosmique de la loge est nettement affirmé, et où le fil à plomb tient lieu d'axe [...].

Si le Taoïsme [2] construit divers *palais* – correspondant à des centres subtils – à l'intérieur du corps humain, l'identification du corps lui-même à la maison est courante dans le Bouddhisme [3]. C'est, dit le Patriarche Houei-nêng, une *hôtellerie*, entendant par là qu'il ne peut constituer qu'un refuge temporaire. Dans la Roue de l'Existence tibétaine, le corps est figuré par une maison à six fenêtres correspondant aux six sens. Les textes canoniques expriment la sortie de la condition individuelle, du *cosmos*, par des formules telles que le bris du *toit du palais*, ou du *toit de la maison* (dôme). L'*ouverture* du sommet du crâne par où s'effectue cette sortie (*brahmarandhra*) est d'ailleurs appelée par les Tibétains le *trou de fumée*.

En Égypte, on appelait *maisons de vie* des sortes de séminaires religieux, rattachés à des sanctuaires, où les scribes recopiaient les textes rituels et les figures mythologiques, où se formaient aussi médecins, chirurgiens, trépanateurs, pendant que le personnel du temple vaquait à ses occupations. [...]

La maison signifie l'être intérieur selon Bachelard [4] ; ses étages, sa cave et son grenier symbolisent divers *états de l'âme*. La cave correspond à l'inconscient, le grenier à l'élévation spirituelle.

---

1. Loge : pour la franc-maçonnerie, terme synonyme de « temple ».

2. Taoïsme : un des trois piliers de la pensée chinoise avec le confucianisme et le bouddhisme. Il se fonde sur l'existence d'un principe à l'origine de toute chose, appelé « Tao ».

3. Bouddhisme : ensemble de croyances religieuses et philosophiques fondées sur les enseignements du Bouddha Siddhārtha Gautama.

4. Gaston Bachelard (1884-1962) est un philosophe français.

La maison est aussi un symbole féminin, avec le sens du refuge, de la mère, de protection, de sein maternel.

La psychanalyse reconnaît en particulier, dans les rêves de la maison, des différences de signification, selon les pièces représentées, et correspondant à divers niveaux de la psyché. L'extérieur de la maison, c'est le masque ou l'apparence de l'homme ; le toit, c'est la tête et l'esprit, le contrôle de la conscience ; les étages inférieurs marquent le niveau de l'inconscient et des instincts ; la cuisine symboliserait le lieu des transmutations alchimiques, ou des transformations psychiques, c'est-à-dire un moment de l'évolution intérieure. De même les mouvements dans la maison peuvent être sur le même plan, ascendants ou descendants, et exprimer, soit une phase stationnaire ou stagnante du développement psychique, soit une phase évolutive, qui peut être progressive ou régressive, spiritualisante ou matérialisante.

Jean Chevalier et Alain Gheerbrant, *Dictionnaire des symboles*, © Robert Laffont, 1969 ; 1989. p. 603-604.

S'approprier le texte

1. Montrez en quoi la maison est un lieu fondamental par lequel les différentes cultures pensent leur rapport au monde.

2. Que pensez-vous de cette mise en miroir entre la maison et le corps ?

15. Jacques Derrida, *De l'hospitalité*

Jacques Derrida (1930-2004) est un philosophe français. Objet d'un séminaire[1] pendant les années 1995-1997, l'hospitalité est l'un de ses grands thèmes de recherche. Dans ce texte, il montre le caractère paradoxal du « droit à l'hospitalité ». S'il faut bien un chez-soi pour pouvoir recevoir et accueillir l'autre, Jacques Derrida constate que l'accueil n'est possible que s'il existe une possibilité d'exclure ou de refuser à l'autre l'entrée de sa maison. L'invitation est donc en ce sens toujours une sélection.

[Le paradoxe inhérent au droit à l'hospitalité]

Je veux être maître chez moi [...] pour pouvoir y recevoir qui je veux. Je commence à tenir pour un étranger indésirable, et virtuellement pour un ennemi, quiconque empiète sur mon « chez-moi », sur mon ipséité[2], sur mon pouvoir d'hospitalité, sur ma souveraineté d'hôte. Cet autre devient un sujet hostile dont je risque de devenir l'otage.

Loi paradoxale et pervertissante : elle tient à cette constante collusion entre l'hospitalité traditionnelle, l'hospitalité au sens courant, et le pouvoir. Cette collusion, c'est aussi le pouvoir dans sa *finitude*, à savoir la nécessité, pour l'hôte, pour celui qui reçoit, de choisir, d'élire, de filtrer, de sélectionner ses invités, ses visiteurs ou ses hôtes, ceux à qui il décide d'accorder l'asile, le droit de visite ou

---

1. Séminaire : groupe de travail d'étudiants, sous la direction d'un enseignant.

2. Ipséité : étymologiquement, ce terme provient du latin *ipso* (ipse, ipsum, ipsius) qui désigne « la chose en elle-même, soi-même ». Il est utilisé généralement en philosophie pour désigner l'identité propre, ce qui fait qu'une personne est unique et absolument distincte d'une autre. Sous l'influence de la phénoménologie, courant de pensée du XXe siècle fondé par Edmund Husserl dans l'optique de faire de la philosophie une discipline scientifique, l'usage de ce terme s'est répandu pour désigner l'individualité proprement humaine.

d'hospitalité. Pas d'hospitalité, au sens classique, sans souveraineté du soi sur le chez-soi, mais comme il n'y a pas non plus d'hospitalité sans finitude, la souveraineté ne peut s'exercer qu'en filtrant, choisissant, donc en excluant et en faisant violence. L'injustice, une certaine injustice, voire un certain parjure, commence tout de suite, dès le seuil du droit à l'hospitalité. Cette collusion entre la violence du pouvoir ou la force de la loi (*Gewalt*) d'une part et l'hospitalité d'autre part, elle semble tenir, de façon absolument radicale, à l'inscription de l'hospitalité dans un droit [...].

Comment distinguer entre un hôte [1] (*guest*) et un parasite ? En principe, la différence est stricte, mais il faut pour cela un droit ; il faut soumettre l'hospitalité, l'accueil, la bienvenue offerte à une juridiction stricte et limitative. Tout arrivant n'est pas reçu comme hôte s'il ne bénéficie pas du droit à l'hospitalité ou du droit d'asile [2], etc. Sans ce droit, il ne peut s'introduire « chez moi », dans le « chez-soi » de l'hôte (*host*), que comme parasite, hôte abusif, illégitime, clandestin, passible d'expulsion ou d'arrestation [...].

Jacques Derrida, *De l'hospitalité. Anne Dufourmantelle invite Jacques Derrida à répondre* © Éditions Calmann-Lévy, 1997, p. 53-57.

S'approprier le texte

1. Montrez que l'accueil n'a pas de valeur sans la possibilité de son contraire, l'exclusion.
2. Pensez-vous que le paradoxe que Derrida décrit concernant l'hospitalité traditionnelle entre individus vaut aussi pour les politiques publiques d'accueil menées par les États ?

---

1. Hôte : dans le langage courant, hôte(s) est un terme polysémique désignant la ou les personnes qui reçoivent ou qui accueillent des invités, aussi bien que la ou les personnes qui sont reçues en tant qu'invités.
2. Le **droit d'asile** permet de protéger toute personne victime de persécution. Il est internationalement reconnu par la convention de Genève de 1951 et inscrit dans la Constitution française.

Zoom sur : Recevoir dans les salons littéraires

Le règne de Louis XVI, à partir de 1774, marque le triomphe des « salons littéraires » ou « salons de conversation ». On en compte à Paris plus de soixante. Là, des femmes brillantes et hospitalières reçoivent avec distinction des personnalités de tous bords et de toutes origines pour animer des conversations de haut vol sur les sujets qui intéressent ces dames et ces messieurs : philosophie, politique, sciences, arts, lettres, etc. Ces hôtesses sont appréciées pour leur finesse intellectuelle – certaines, telle la très célèbre Mme de Tencin, qui a tenu salon dans la première moitié du XVIIIe siècle, sont autrices elles-mêmes –, mais également pour leur capacité à gérer leurs hôtes et la conversation, à donner la parole à tous, etc. Ces femmes ne sont pas nécessairement nobles : Mme Geoffrin, par exemple, est une bourgeoise qui a su s'imposer par son esprit et ses qualités de salonnière. On peut aussi citer le salon de Fanny de Beauharnais ou encore celui d'Anne-Catherine Helvétius, dont les invités ont une sensibilité clairement révolutionnaire, qui s'opposent à des salons voués à la monarchie, comme les salons de Mme de Gramont ou de la duchesse de Polignac.

De telles réunions ont intéressé les artistes du XVIIIe siècle, qui cherchaient à représenter la sociabilité. On peut mentionner la *Lecture de la tragédie de « l'orphelin de la Chine » de Voltaire dans le salon de Mme Geoffrin* (1812) d'Anicet Charles Gabriel Lemonnier, qui offre un portrait de groupe des représentants de la philosophie des Lumières, avec des personnalités de la scène intellectuelle et culturelle de l'époque, parmi lesquels Diderot [1],

---

1. **Denis Diderot** (1713-1784) est un écrivain, philosophe et encyclopédiste français des Lumières.

Van Loo[1], Helvétius[2], le prince de Conti[3], le comte de Caylus[4], Turgot[5] et Rousseau[6].

---

1. **Charles André van Loo** (1705-1765) est un peintre français.
2. **Claude-Adrien Helvétius** (1715-1771) est un écrivain et philosophe français des Lumières.
3. **François-Louis de Bourbon-Conti** (1664-1709), dit le Grand Conti, est un prince du sang, issu de la famille des Condé, branche cadette de la maison capétienne de Bourbon.
4. **Le comte de Caylus** (1692-1765) joua un rôle important en tant que mécène et protecteur des artistes.
5. **Anne Robert Jacques Turgot** (1727-1781), baron de l'Aulne, souvent appelé Turgot, est un homme politique et économiste français.
6. **Jean-Jacques Rousseau** (1712-1778) est un écrivain, philosophe et musicien genevois francophone.

2. Les voisins ou la nécessaire prise en considération des autres

Comme nous le rappelle le travail d'Hélène L'Heuillet (texte 16), l'augmentation de la population fait que nous ne pouvons pas, aujourd'hui, penser un habitat sans voisins. Les relations de proximité font partie de notre quotidien. Quand Georges Perec (texte 17) débute son livre *La vie, mode d'emploi* par la description d'une cage d'escalier, il attire notre attention sur un lieu incontournable de rencontres, où peut s'entendre la vie intime qui se joue dans les appartements : cet endroit prouve à quel point les voisins sont présents dans nos vies. Le manque d'insonorisation d'un grand nombre d'immeubles fait aussi que les voisins s'invitent souvent dans nos appartements sans qu'on le veuille vraiment... Mais le voisin envahissant n'est pas seulement celui qui habite au-dessus ou en bas de chez moi. Comme l'expose Mona Chollet (texte 18), notre usage d'internet rend possibles de nouvelles formes d'intrusion, notamment en cas d'harcèlement cybernétique. Comment faire pour que la proximité [1] que j'ai avec les autres n'entraîne pas un sentiment de promiscuité [2] qui fasse de cette coexistence un enfer ? Si la vigilance est de mise avec les nouvelles technologies, qui sont cependant aussi une fenêtre extraordinaire ouverte sur le monde depuis chez moi, l'attention et la bienveillance que j'ai envers mes voisins ne peuvent qu'améliorer nos relations.

---

1. Proximité : situation d'une chose qui est à peu de distance d'une ou plusieurs autres, qui est proche, tout près.

2. Promiscuité : situation qui oblige des personnes à vivre côte à côte et à se mêler malgré elles ; voisinage choquant ou désagréable.

16. Robert Maggiori, « Coexistence entre voisins, un apprentissage par paliers »

Dans cet article de *Libération*, Robert Maggiori expose l'analyse que la philosophe et psychanalyste Hélène L'Heuillet fait du voisinage. Celle-ci élabore en quatre points cardinaux une politique et une éthique du voisinage, véritable matrice de la société. En effet, si nous ne pouvons vivre sans voisins, nous devons alors apprendre à transformer cette promiscuité qui nous est imposée en proximité qui rend la vie à plusieurs humainement viable.

[Les voisins terribles]

La catégorie de « voisin » n'est pas paramétrable de façon rigoureuse. Elle n'appartient pas à la sphère familiale ou amicale (même si le hasard peut faire qu'on habite à côté de ses parents ou de ses amis), et se déploie dans cette zone grise située *entre* les « connaissances » plus ou moins vagues et les « étrangers », dont Georg Simmel[1] disait qu'ils sont les plus proches des lointains et les plus lointains des proches. Le voisin n'est pas davantage le « prochain », dont on dit qu'on doit l'aimer comme soi-même : le prochain est au voisin « *ce que le religieux est au laïc* ». De plus, il n'est pas choisi. Le voisinage change aléatoirement ou conjoncturellement, quand bien même certains regroupements seraient-ils volontairement provoqués pour des raisons tenant à la nationalité, à la profession, à une même provenance géographique… Aussi les liens de voisinage sont-ils en général peu considérés, dans la mesure où, se réduisant à une « *relation spatiale de proximité* », ils n'ont ni la force des liens affectifs ni l'attrait des rapports de camaraderie unissant ceux qui ont une activité commune. « *Avec ses voisins, on ne partage pas grand-chose hormis un lieu, une place où se garer après la journée de*

1. **Georg Simmel** (1858-1918) est un philosophe et sociologue allemand.

travail, une aire de repos. L'important, aujourd'hui, semble bien plutôt d'avoir ses amis, réels ou virtuels, et de communiquer avec eux constamment et partout.»

Territoires de l'intime. De ses voisins, on peut deviner le métier ou l'activité, parfois les goûts ou les usages, les fréquentations et les heures de sortie – mais il est rare qu'on sache *qui* ils sont. La sociologie, la philosophie, la psychologie se sont donc rarement penchées sur ce qui apparaît comme « *la plus contingente de nos relations*». L'étude d'Hélène L'Heuillet[1], philosophe et psychanalyste, comble cette lacune : elle se propose d'élaborer une politique et une éthique du voisinage, ou, plus précisément, puisque le problème central est celui de l'espace commun et de l'habitat, de « *penser une relation éthique au lieu, une topique*[2] *dans l'éthique*».

La question du voisinage est-elle en effet si inessentielle ? On peut n'être aimé de personne et n'aimer personne, on peut ne pas avoir d'amis autres que ceux qu'on ne voit jamais et dont la présence se manifeste par un *like* sous une photo de chat – mais il ne se peut guère qu'on n'ait aucun voisin, dans l'immeuble, la rue, le quartier, sauf à être un anachorète[3] vivant dans une grotte de Cappadoce[4]. Relation obligée, le voisinage oblige à l'étude de la relation, laquelle n'est pas seulement relation à un lieu, mais aussi relation de corps à corps (« *le voisinage suppose la possibilité de se frôler, voire de se heurter*»), où se constituent les

1. **Hélène L'Heuillet**, *Du voisinage : réflexions sur la coexistence humaine*, Albin Michel, 2016.

2. **Topique** : relatif à un lieu, à un endroit précis.

3. **Anachorète** : dans la religion chrétienne, un anachorète (du grec ancien «qui s'est retiré du monde») est une personne qui s'est retirée de la société séculière pour des raisons religieuses, afin de mener une vie ascétique consacrée à la prière.

4. **Cappadoce** : région semi-aride du centre de la Turquie.

subjectivités, relation aux territoires de l'intime, relation « éthologique[1] » au milieu et à l'habitat… En outre, chacun sait que les voisins peuvent empoisonner la vie quotidienne, être causes de haines féroces, de litiges, de peurs, de violences, de ragots et de dénonciations (« *on peut se cacher de l'État, pas de ses voisins* »), donner lieu à des stratégies de fuite ou de protection, susciter de véritables guerres froides d'espionnage et de harcèlement… Mais on sait aussi bien qu'ils peuvent ensoleiller l'existence, sortir de la solitude, réaliser des formes inédites de mutualité et de solidarité, qui se passent de « *sentences grandiloquentes* » et naissent d'une sorte de « *sens commun de la justice* » et d'entraide naturelle (« *c'est normal, entre voisins* »). Ils restent souvent les plus lointains des proches, auxquels on se résout malaisément à dire bonjour dans l'escalier, sont relégués dans la froide indifférence ou, pire, dans la plus inassimilable des altérités, et, en même temps, *nolens volens*[2], ils représentent la « *première des relations* », ou la plus constante, celle par laquelle on fait l'apprentissage de la politesse (« *Après vous, je vous en prie* » : maximale initiale de l'éthique selon Levinas[3]) et du partage, de services, de paroles (le « *minimum vital de conversation quotidienne* » s'obtient des voisins, si la vie sociale est d'une extrême pauvreté), de présences rassurantes, même fantomatiques ou se manifestant par des bruits de pas, des odeurs de cuisine, des lumières restées allumées.

« Mitoyenneté[4] ». Certes, précise Hélène L'Heuillet, « *on ne peut espérer trouver des remèdes à la crise du lien social dans une*

---

1. Éthologique : relatif à l'éthologie, science des comportements des espèces animales dans leur milieu naturel.

2. *Nolens volens* : « bon gré, mal gré », en latin.

3. Emmanuel Levinas (1906-1995) est un philosophe d'origine lituanienne naturalisé français en 1930.

4. Mitoyenneté : qualité de ce qui est partagé sur deux propriétés, et qui est donc commun à chacune des deux entités.

politique de la proximité simplement animée du souci de l'autre», telle qu'elle se réalise entre voisins. C'est donc avec beaucoup de nuances que la philosophe atteste l'« *actualité éthique et politique du voisinage*». […] Elle divise en effet son propos en quatre parties : «*les voisins d'en face*», « *les voisins d'en bas*», « *les voisins d'en haut*» et « *les voisins d'à-côté*», en prenant chaque catégorie à la fois au sens propre (les voisins d'en haut sont ceux qui gênent, ceux que l'on entend marcher, parler, se disputer, se doucher, pisser, faire l'amour, ceux d'en bas, parfois aux pieds des immeubles, devant la porte des garages, sont les « *invisibles*», les pauvres, ceux qu'on n'invite pas aux «fêtes des voisins»…) et au sens symbolique, comme autant de « *points cardinaux de la sociabilité*», où jouent les notions d'égoïsme, de domination, d'autorité, d'exclusion, de populisme, de reconnaissance, de « *civilité comme modèle de la mitoyenneté*».

Robert Maggiori, «Coexistence entre voisins, un apprentissage par paliers», © *Libération*, 24 août 2016.

S'approprier le texte

1. Peut-on se soustraire au fait d'avoir des voisins ?

2. Le voisinage est-il ce qui nous contraint à repenser notre manière de vivre avec les autres ?

17. Georges Perec, *La Vie mode d'emploi*

Georges Perec (1936-1982) fut l'un des écrivains les plus féconds de l'OuLiPo[1]. En 1978, il obtient le prix Médicis pour *La Vie mode*

1. OuLiPo : acronyme de l'Ouvroir de littérature potentielle, groupe de littérature inventive et innovante qui naît au XXe siècle. Il a pour but de découvrir de nouvelles potentialités du langage et de moderniser l'expression à travers des jeux d'écriture. Le groupe est célèbre pour ses défis mathématiques imposés à la langue, obligeant à des astuces créatives. L'Oulipo est fondé sur le

d'emploi, qui évoque les relations de voisinage des habitants du 11, rue Simon-Crubellier à Paris. Dans cet extrait, Georges Perec décrit l'escalier, lieu commun emprunté par tous les habitants, qui n'ont de cesse de s'intéresser à l'espace du voisin…

[L'escalier, lieu de passage obligé]

Dans l'escalier.

Oui, cela pourrait commencer ainsi, ici, comme ça, d'une manière un peu lourde et lente, dans cet endroit neutre qui est à tous et à personne, où les gens se croisent presque sans se voir, où la vie de l'immeuble se répercute, lointaine et régulière. De ce qui se passe derrière les lourdes portes des appartements, on ne perçoit le plus souvent que ces échos éclatés, ces bribes, ces débris, ces esquisses, ces amorces, ces incidents ou accidents qui se déroulent dans ce que l'on appelle les « parties communes », ces petits bruits feutrés que le tapis de laine rouge passé étouffe, ces embryons de vie communautaire qui s'arrêtent toujours aux paliers. Les habitants d'un même immeuble vivent à quelques centimètres les uns des autres, une simple cloison les sépare, ils se partagent les mêmes espaces répétés le long des étages, ils font les mêmes gestes en même temps, ouvrir le robinet, tirer la chasse d'eau, allumer la lumière, mettre la table, quelques dizaines d'existences simultanées qui se répètent d'étage en étage, et d'immeuble en immeuble, et de rue en rue. Ils se barricadent dans leurs parties privatives – puisque c'est comme ça que ça s'appelle – et ils aimeraient bien que rien n'en sorte, mais si peu qu'ils en laissent sortir, le chien en laisse, l'enfant qui va au pain, le reconduit ou l'éconduit, c'est par l'escalier que ça sort. Car tout ce qui se passe passe par l'escalier, tout ce qui arrive arrive par l'escalier, les lettres, les faire-part, les meubles que les

---

principe que la contrainte incite à la recherche de solutions originales. Il faut déjouer les habitudes pour atteindre la nouveauté.

déménageurs apportent ou emportent, le médecin appelé en urgence, le voyageur qui revient d'un long voyage. C'est à cause de cela que l'escalier reste un lieu anonyme, froid, presque hostile. Dans les anciennes maisons, il y avait encore des marches de pierre, des rampes en fer forgé, des sculptures, des torchères, une banquette parfois pour permettre aux gens âgés de se reposer entre deux étages. Dans les immeubles modernes, il y a des ascenseurs aux parois couvertes de graffiti qui se voudraient obscènes et des escaliers dits « de secours » en béton brut, sales et sonores. Dans cet immeuble-ci, où il y a un vieil ascenseur presque toujours en panne, l'escalier est un lieu vétuste, d'une propreté douteuse, qui d'étage en étage se dégrade, selon les conventions de la respectabilité bourgeoise : deux épaisseurs de tapis jusqu'au troisième, une seule ensuite, et plus du tout pour les deux étages de comble.

Georges Perec, *La Vie mode d'emploi*, © Hachette, 1978,
© Librairie Arthème Fayard, 2010.

S'approprier le texte

1. Montrez comment l'escalier est le lieu où se vit le voisinage.

2. Peut-on dire que les « lieux communs » font encore partie de l'espace que l'on habite ?

---

18. Mona Chollet, *Chez soi*

Mona Chollet (née en 1973) est une journaliste et essayiste suisse. Depuis 2016, elle est cheffe d'édition au *Monde diplomatique*. Dans ce texte, elle montre comment nous pouvons aujourd'hui utiliser Internet et les réseaux sociaux pour passer en permanence de l'intérieur vers l'extérieur, et réciproquement. Chacun le sait, un certain monde « entier » se presse derrière notre écran : le cyberespace.

Quel plaisir alors de pouvoir accéder aux informations diffusées par les autres, de contribuer à la circulation de certains articles, de partager ce que l'on a glané, malgré des inconvénients désormais bien connus... Grâce à Internet, le cerveau est ouvert à tous les vents. La difficulté réside cependant dans la nécessité de concilier la boulimie d'informations et la solitude de sa réflexion.

[Internet chez soi]

Deux mouvements se combinent. Le premier va de l'extérieur vers l'intérieur. Vous avez à peine tapé votre identifiant et votre mot de passe qu'une foule, constituée pour une large part de parfaits inconnus, fait irruption dans votre salon ou votre chambre à coucher. Une foule caquetante, claironnante, murmurante ; une foule persifleuse, pensive, révoltée, chahuteuse, euphorique, dubitative, furieuse, hilare. Cela revient un peu à donner une fête permanente et à voir votre chez-vous envahi par une troupe où se mêlent les amis, les visages familiers, et les amis d'amis, ou ceux qui ont tapé l'incruste, parmi lesquels il y aura autant de rencontres lumineuses que d'emmerdeurs. C'est sympathique, mais, à la longue, c'est fatigant : on rêverait de flanquer tout le monde à la porte, de savourer le calme et le silence, de se retrouver seul avec ses pensées. Sans compter que Twitter, par exemple, avec sa façon de confronter sous une forme standardisée, comme sur un circuit d'autos tamponneuses à l'échelle mondiale, des individus qui peuvent être à tous égards aux antipodes les uns des autres, expose à la polémique, aux accrochages violents, aux insultes, aux bouffées de haine, à toutes sortes d'agressions dont on est censé être protégé entre ses quatre murs. Ces incidents, quand ils se produisent, vampirisent vos ressources mentales, annulent les bienfaits de la solitude.

Parallèlement à cette invasion, il y a le second mouvement : de l'intérieur vers l'extérieur. Comme si une sorte de trou noir au pouvoir d'attraction irrésistible dévorait nos existences. Il me semble parfois voir les éléments du décor qui m'entoure voler à travers la pièce pour être avalés par l'ordinateur, et moi-même je dois me cramponner aux meubles pour ne pas suivre le même chemin. Un grand nombre d'activités qui autrefois impliquaient des postures physiques variées, des déplacements dans l'espace de la maison ou à l'extérieur, le recours à des outils ou à des appareils divers, se réduisent aujourd'hui à un face-à-face avec l'écran : téléphoner, lire, écrire une lettre, écrire tout court, dessiner, s'informer, faire ses courses, écouter de la musique, regarder un film… Certes, depuis quelques années, avec les Smartphones et les tablettes, on peut se connecter à Internet n'importe où dans la maison : sur son canapé, dans son lit, à la table de la cuisine, voire dans son bain, grâce aux pochettes étanches. Mais l'ordinateur trônant sur un bureau reste une configuration courante, qui conduit à négliger le reste de l'espace domestique.

Mona Chollet, *Chez soi. Une odyssée de l'espace domestique*,
, p. 50-51.

S'approprier le texte

1. Avec internet, une maison peut-elle encore être un refuge ?
2. Montrez comment le numérique vient rendre poreuse la frontière classiquement établie entre intérieur et extérieur.

3. Confinement et cohabitation difficile

Ne pas pouvoir sortir de chez soi, être confiné dans son intérieur, telle est la situation que la crise sanitaire de la Covid-19 a fait vivre à l'ensemble de la population mondiale. Si rester chez soi, ne pas aller travailler, ou aller à l'école, pouvait, auparavant, paraître comme une situation désirable, l'expérience du confinement nous a montré tout ce qu'un tel souhait avait d'illusoire. Mais avions-nous réellement besoin d'une telle expérience pour le savoir ? La description que donne Edmond Dantès de son emprisonnement au château d'If (texte 19) atteste qu'il ne peut y avoir de mise à l'isolement sans que cela ne génère de violentes angoisses. Le confinement n'a donc fait que confirmer ce que nous savions déjà, à savoir la difficulté qui est nôtre de vivre seuls, isolés de nos semblables. Mais il a montré aussi la difficulté que nous avons à nous supporter les uns les autres, rendant ainsi raison à Sartre lorsqu'il dit que « L'enfer, c'est les autres » (texte 20), ce que les violences domestiques attestent. Dans son conte « La Barbe bleue » (texte 21), Perrault dénonce ainsi les violences faites aux femmes, qui peuvent aboutir à un féminicide. Cette difficulté à vivre ensemble a aussi été renforcée par le fait de devoir travailler de chez soi. Confrontés à des logements exigus (texte 22), certains ont dû réaménager leur intérieur pour rendre le télétravail possible (texte 23). Il est vrai que ce ne fut pas le cas pour tout le monde. Le confinement a mis ainsi en évidence les inégalités dans la qualité du logement. Jean-Noël Escudié (texte 24) montre que ceux qui possèdent une maison individuelle avec jardin l'ont bien mieux supporté que ceux qui l'ont vécu en appartement. Quoi qu'il en soit, Simone de Beauvoir (texte 25) nous rappelle que l'absence de parité dans la répartition des tâches ménagères amène bien souvent les femmes à se voir confinées indépendamment de toute pandémie...

19. Alexandre Dumas, *Le Comte de Monte-Cristo*

Alexandre Dumas (1802-1870), écrivain français, nous livre dans *Le Comte de Monte-Cristo* (1844) l'histoire du jeune Edmond Dantès, marin, âme candide et fils modèle, qui semble promis au bonheur et à une brillante carrière quand, soudain, tout s'écroule. Du jour au lendemain, il se voit précipité dans un abîme de détresse et de ténèbres. Arrêté comme comploteur, il est enfermé au château d'If, la prison de Marseille, pour y croupir jusqu'à la fin de ses jours. C'est la détresse que génère en lui son isolement forcé que relate cet extrait.

[Les affres de l'enfermement]

Dantès passa tous les degrés du malheur que subissent les prisonniers oubliés dans une prison.

Il commença par l'orgueil, qui est une suite de l'espoir et une conscience de l'innocence ; puis il en vint à douter de son innocence, ce qui ne justifiait pas mal les idées du gouverneur sur l'aliénation mentale ; enfin il tomba du haut de son orgueil, il pria, non pas encore Dieu, mais les hommes ; Dieu est le dernier recours. Le malheureux, qui devrait commencer par le Seigneur, n'en arrive à espérer en lui qu'après avoir épuisé toutes les autres espérances.

Dantès pria donc qu'on voulût bien le tirer de son cachot pour le mettre dans un autre fût-il plus noir et plus profond. Un changement, même désavantageux, était toujours un changement, et procurerait à Dantès une distraction de quelques jours. Il pria qu'on lui accordât la promenade, l'air, des livres, des instruments. Rien de tout cela ne lui fut accordé ; mais n'importe, il demandait toujours. Il s'était habitué à parler à son nouveau geôlier, quoiqu'il fût encore, s'il était possible, plus muet que l'ancien ; mais parler à un homme, même à un muet, était encore un plaisir, Dantès parlait pour entendre le son de sa propre voix : il avait essayé de parler lorsqu'il était seul, mais alors il se faisait peur.

Souvent, du temps qu'il était en liberté, Dantès s'était fait un épouvantail de ces chambrées de prisonniers, composées de vagabonds, de bandits et d'assassins, dont la joie ignoble met en commun des orgies inintelligibles et des amitiés effrayantes. Il en vint à souhaiter d'être jeté dans quelqu'un de ces bouges, afin de voir d'autres visages que celui de ce geôlier impassible qui ne voulait point parler ; il regrettait le bagne avec son costume infamant, sa chaîne au pied, sa flétrissure sur l'épaule. Au moins, les galériens étaient dans la société de leurs semblables, ils respiraient l'air, ils voyaient le ciel ; les galériens étaient bien heureux.

Il supplia un jour le geôlier de demander pour lui un compagnon, quel qu'il fût, ce compagnon dût-il être cet abbé fou dont il avait entendu parler. Sous l'écorce du geôlier, si rude qu'elle soit, il reste toujours un peu de l'homme. Celui-ci avait souvent, du fond du cœur, et quoi que son visage n'en eût rien dit, plaint ce malheureux jeune homme, à qui la captivité était si dure ; il transmit la demande du numéro 34 au gouverneur ; mais celui-ci, prudent comme s'il eût été un homme politique, se figura que Dantès voulait ameuter les prisonniers, tramer quelque complot, s'aider d'un ami dans quelque tentative d'évasion, et il refusa.

Alexandre Dumas, *Le Comte de Monte-Cristo*, Flammarion, coll. « GF », p. 163-164.

S'approprier le texte

1. Montrez comment l'isolement génère chez un individu une véritable détresse psychique.

2. En quoi une maison peut-elle facilement devenir, pour un individu, une prison ?

20. Jean-Paul Sartre, *Huis clos*

La pièce de Jean-Paul Sartre (1905-1980) *Huis clos* (1944), offre une réplique devenue proverbiale : « L'enfer, c'est les autres. » Les rapports avec les autres seraient par nature éprouvants, violents, voire insupportables. Lorsque l'isolement est impossible, le regard de l'autre devient une véritable torture. Dans cet extrait, Garcin, Inès et Estelle, qui se livrent une surveillance permanente, ne peuvent se fuir eux-mêmes, ni jouer la comédie. Ils ne peuvent pas être de « mauvaise foi » : cette expression désigne, dans *L'Être et le Néant* (1943), du même auteur, l'attitude qui consiste à se mentir à soi-même en se figeant dans une identité et une conduite stéréotypées pour nier sa liberté et la responsabilité de ses actes.

[« L'enfer, c'est les autres »]

INÈS. – Eh bien, ils ont réalisé une économie de personnel. Voilà tout. Ce sont les clients qui font le service eux-mêmes, comme dans les restaurants coopératifs.

ESTELLE. – Qu'est-ce que vous voulez dire ?

INÈS. – Le bourreau, c'est chacun de nous pour les deux autres. […]

GARCIN. – Il ne fera donc jamais nuit ?

INÈS. – Jamais.

GARCIN. – Tu me verras toujours ?

INÈS. – Toujours.

(Garcin abandonne Estelle et fait quelques pas dans la pièce. Il s'approche du bronze.)

GARCIN. – Le bronze… *(Il le caresse.)* Eh bien, voici le moment. Le bronze est là, je le contemple et je comprends que je suis en enfer. Je vous dis que tout était prévu. Ils avaient prévu que je me tiendrais devant cette cheminée, pressant ma main sur ce bronze, avec tous ces regards sur moi. Tous ces regards qui me mangent… *(Il se retourne brusquement.)* Ha ! vous n'êtes que deux ? Je vous croyais beaucoup plus nombreuses. *(Il rit.)* Alors, c'est ça l'enfer. Je n'aurais jamais cru… Vous vous rappelez : le soufre, le bûcher, le gril… Ah ! quelle plaisanterie. Pas besoin de gril : l'enfer, c'est les Autres.

ESTELLE. – Mon amour !

GARCIN, *la repoussant.* – Laisse-moi. Elle est entre nous. Je ne peux pas t'aimer quand elle me voit.

ESTELLE. – Ha ! Eh bien, elle ne nous verra plus.

(Elle prend le coupe-papier sur la table, se précipite sur Inès et lui porte plusieurs coups.)

INÈS, *se débattant et riant.* – Qu'est-ce que tu fais, qu'est-ce que tu fais, tu es folle ? Tu sais bien que je suis morte.

ESTELLE. – Morte ?

(Elle laisse tomber le couteau. Un temps. Inès ramasse le couteau et s'en frappe avec rage.)

INÈS. – Morte ! Morte ! Morte ! Ni le couteau, ni le poison, ni la corde. C'est *déjà fait*, comprends-tu ? Et nous sommes ensemble pour toujours.

(Elle rit.)

ESTELLE, *éclatant de rire.* – Pour toujours, mon Dieu que c'est drôle ! Pour toujours !

GARCIN, *rit en les regardant toutes deux.* – Pour toujours !

(Ils tombent assis, chacun sur son canapé. Un long silence. Ils cessent de rire et se regardent. Garcin se lève.)

GARCIN. – Eh bien, continuons.

Jean-Paul Sartre, *Huis clos*,

S’approprier le texte

1. Montrez comment l’enfer se caractérise par l’impossibilité pour les personnages de s’isoler.

2. En quoi le regard d’autrui peut-il être invasif ?

21. Charles Perrault, « La Barbe bleue »

« La Barbe bleue » est un conte populaire, dont la version la plus célèbre est celle de Charles Perrault (1628-1703), parue en 1697 dans *Les Contes de ma mère l’Oye*. C’est également le nom du personnage central du récit. L’histoire est celle d’un homme riche, mais doté d’une barbe bleue, qui lui donne un aspect laid et terrible. Nouvellement marié, il refuse à sa jeune épouse l’accès à une pièce de leur maison : un cabinet. Guidée par sa curiosité, celle-ci transgresse l’interdit. Cette histoire reprend un motif associé à l’ogre qui s’attaque à ses femmes successives et aux enfants qu’elles lui donnent.

[Le cabinet interdit]

Au bout d’un mois la Barbe bleue dit à sa femme qu’il était obligé de faire un voyage en province, de six semaines au moins, pour une affaire de conséquence ; qu’il la priait de se bien divertir pendant son absence, qu’elle fît venir ses bonnes amies, qu’elle les menât à la campagne si elle voulait, que partout elle fît bonne chère[1]. « Voilà, lui dit-il, les clefs des deux grands garde-meubles[2], voilà celles de la vaisselle d’or et d’argent qui ne sert pas tous les jours, voilà celles de mes coffres-forts, où est mon or et mon argent, celles des cassettes[3] où sont mes pierreries, et

1. Faire bonne chère : faire un bon repas.

2. Garde-meuble : lieu où l’on peut entreposer temporairement ses meubles en échange d’une rémunération.

3. Cassette : petit coffre où l’on rangeait autrefois de l’argent et des bijoux.

voilà le passe-partout de tous les appartements. Pour cette petite clef-ci, c'est la clef du cabinet[1] au bout de la grande galerie de l'appartement bas : ouvrez tout, allez partout, mais pour ce petit cabinet, je vous défends d'y entrer, et je vous le défends de telle sorte, que s'il vous arrive de l'ouvrir, il n'y a rien que vous ne deviez attendre de ma colère. » Elle promit d'observer exactement tout ce qui lui venait d'être ordonné ; et lui, après l'avoir embrassée, il monte dans son carrosse, et part pour son voyage.

Les voisines et les bonnes amies n'attendirent pas qu'on les envoyât quérir[2] pour aller chez la jeune mariée, tant elles avaient d'impatience de voir toutes les richesses de sa maison, n'ayant osé y venir pendant que le mari y était, à cause de sa barbe bleue qui leur faisait peur. [...]

Elles ne cessaient d'exagérer et d'envier le bonheur de leur amie, qui cependant ne se divertissait point à voir toutes ces richesses, à cause de l'impatience qu'elle avait d'aller ouvrir le cabinet de l'appartement bas.

Elle fut si pressée de sa curiosité, que sans considérer qu'il était malhonnête[3] de quitter sa compagnie, elle y descendit par un petit escalier dérobé[4], et avec tant de précipitation, qu'elle pensa se rompre le cou deux ou trois fois. Étant arrivée à la porte du cabinet, elle s'y arrêta quelque temps, songeant à la défense que son mari lui avait faite, et considérant qu'il pourrait lui arriver malheur d'avoir été désobéissante ; mais la tentation était si forte qu'elle ne put la surmonter : elle prit donc la petite clef, et ouvrit en tremblant la porte du cabinet.

D'abord elle ne vit rien, parce que les fenêtres étaient fermées ; après quelques moments elle commença à voir que le

---

1. **Cabinet** : petite pièce située à l'écart.
2. **Quérir** : chercher.
3. **Malhonnête** : au XVIIe siècle, impoli.
4. **Dérobé :** secret, dissimulé.

plancher était tout couvert de sang caillé [1], et que dans ce sang se miraient les corps de plusieurs femmes mortes et attachées le long des murs (c'étaient toutes les femmes que la Barbe bleue avait épousées et qu'il avait égorgées l'une après l'autre). Elle pensa mourir de peur, et la clef du cabinet qu'elle venait de retirer de la serrure lui tomba de la main.

Après avoir un peu repris ses esprits, elle ramassa la clef, referma la porte, et monta à sa chambre pour se remettre un peu ; mais elle n'en pouvait venir à bout, tant elle était émue.

Charles Perrault, « La Barbe bleue », dans *Contes*, Flammarion, coll. « Étonnants Classiques », 2017, p. 53-54 et 56-57.

S'approprier le texte

1. Montrez comment la maison peut être à la fois source d'insouciance, de joie et de terreur.

2. En quoi le cabinet peut-il être le symbole des secrets de famille ?

22. Sibylle Vincendon, « À la maison, le télétravail a du mal à faire chambre à part »

Sibylle Vincendon, journaliste à *Libération*, analyse dans cet article la manière dont le travail s'est invité à la maison lors du confinement. Ce qui s'est ressenti très vite, c'est qu'à la maison, « le télétravail a du mal à faire chambre à part ». Dès lors, c'est tout notre rapport entre vie active et vie privée qui se voit bousculé. Comment parvenir à les articuler ? Comment vivre et travailler chez soi ?

1. **Sang caillé** : sang séché, sang coagulé.

[Repenser notre espace]

Après trente ans de méfiance des directions des ressources humaines à l'égard du télétravail, toute la France tertiaire a basculé en quarante-huit heures dans cette pratique, avec confinement par-dessus le marché. Comment les salariés renvoyés chez eux se sont-ils débrouillés pour installer leur nouvel espace de travail ? En bricolant. Mais au-delà du système D, ces pionniers défricheurs ont-ils ouvert la voie à des réflexions et à des changements durables sur ce que sera l'habitation de demain ? [...]

On n'en est pas encore là. Pour le moment, les habitants ont d'abord agi dans l'urgence. Première étape, bidouiller un bureau (le meuble). Confinement dans le confinement : « Une étagère du dressing a été transformée en bureau. » Exploitation des surfaces disponibles : « *Je travaille sur une étagère à livres du salon.* » Recyclage : « *J'ai créé un bureau éphémère avec des planches de parquet.* » Redécouverte des stocks : « *Nous avons remonté une table de camping qui est posée devant notre lit pour me permettre de travailler ! Le lit est donc ma chaise ! Pas très ergonomique mais nous n'avons pas trouvé mieux !* »

Deuxième étape, créer un bureau (la pièce). La négociation est constante. Avec les autres : « *Je pivote la table de la cuisine pour qu'elle soit face à la fenêtre (et je la remets en position normale à la fin de ma journée de travail pour que la cuisine soit de nouveau utilisable et signifier le retour en mode "maison").* » Ou avec soi-même : « *J'ai reculé la table pour ne pas être en pleine lumière et trop proche de la vue, qui aspirait mes pensées vers... tout sauf l'écran.* » Le télétravail révèle des poètes : « *Je change de pièce selon la période de la journée pour profiter de la lumière.* » Et les pragmatiques : « *J'ai positionné mon meuble de travail à côté d'une prise électrique, face à une porte vitrée afin de surveiller mon animal de compagnie et voir ce qu'il se passe dehors.* »

Quels que soient les aménagements, le télétravail finit par conquérir les mètres carrés. Cible numéro un : la table du repas.

« Nous nous débrouillons pour manger ailleurs. Nous avons deux ordis portables et un grand écran pour travailler et nous mangeons ailleurs. » Où se trouve cet *« ailleurs »* ? *« Je travaille sur la table de cuisine donc on mange sur la table basse du salon et la préparation des repas est compliquée. »* On se console comme on peut : *« Nous revenons à des habitudes d'étudiants et mangeons sur la table basse du salon. »* On procède à des arbitrages étranges : *« Mon mari utilise le bureau, moi j'alterne entre la table basse assise par terre ou la table à repasser placée face à la fenêtre (meilleure option). »*

Enfin, point clé du travail à distance et pas le plus facile : la visioconférence. Il n'était pas écrit dans le contrat de travail que la hiérarchie puisse jeter un coup d'œil chez les collaborateurs. Là encore, on s'adapte. *« J'ai déplacé le bureau de la chambre pour qu'en visioconférence, le lit et la penderie ne soient pas visibles. »* D'une manière générale, beaucoup ont rangé, déplacé les meubles, vidé le garage ou le salon, repeint les murs parfois. On sent l'envie d'améliorer les conditions de travail dans ce drôle de moment et d'en profiter au passage pour revoir son cadre de vie.

Sibylle Vincendon, « Confinement. À la maison, le télétravail a du mal à faire chambre à part », © *Libération*, 29 avril 2020.

S'approprier le texte

1. Considérez la phrase : « On procède à des arbitrages étranges : « Mon mari utilise le bureau, moi j'alterne entre la table basse assise par terre ou la table à repasser placée face à la fenêtre (meilleure option) ». Le télétravail introduit-il une nouvelle forme de domination genrée ?

2. Montrez en quoi le télétravail perturbe profondément notre rapport à l'espace domestique.

23. Agnès Carpentier, « Télétravail : comment aménager un bureau dans la chambre »

Agnès Carpentier est contributrice au site de décoration en ligne HOUZZ. Curieuse de tout ce qui touche à l'aménagement et à la décoration, elle s'est intéressée dernièrement aux contraintes qu'implique le travail dans l'aménagement dans nos intérieurs. Le télétravail se généralise mais la taille de la maison n'augmente pas pour autant. Comment aménager un bureau dans la chambre ? Elle nous donne ici différentes astuces pour optimiser au mieux nos espaces de vie.

[Optimiser l'espace]

1. Un bureau en guise de tête de lit

Voir son bureau (et donc son travail) depuis son lit n'est pas l'idéal pour trouver le soir la détente propice à l'endormissement. La solution retenue [...] d'installer son bureau en tête de lit en plaçant le lit en îlot, retient donc toute notre attention. [...]

2. Vite, un secrétaire !

On apprécie également cette solution discrète [...] qui permet d'adapter la chambre parentale, sans la transformer pour autant en chambre d'étudiant avec grand bureau… Petit meuble peu profond, qui se glisse partout, le secrétaire permet de disposer en journée d'une tablette et de rangements pour travailler. Et quand le soir on referme la tablette, la chambre retrouve presque son allure habituelle.

3. Une bibliothèque bricolée

Le secrétaire n'a de limite que la taille plutôt exiguë de son plateau, mais on mise sur un confinement – et donc un télétravail – limités dans le temps. Si vous n'en avez pas mais que vous disposez déjà d'une bibliothèque dans votre chambre, pourquoi ne pas y adapter une tablette rabattable ? [...] La chambre reste ainsi épurée.

4. Un bureau suspendu

On gage que ce meuble […] sera la solution préférée des adeptes de la discrétion et du design. Le bureau suspendu a les qualités du secrétaire dans un format encore plus léger. […] Une fois rabattu, la fonction travail est presque imperceptible et l'objet design prend le dessus avec ses lignes trapézoïdales. Les économes pourront aussi se tourner vers cette solution car les modèles premiers prix n'excèdent pas une cinquantaine d'euros.

5. Un bureau-penderie deux-en-un

Pas de bureau dans la chambre mais une armoire trop imposante ? Et si vous la remplaciez par un duo portant/bureau à la manière d'un mobilier de chambre d'hôtel chic ?

6. Un bureau à la place de la penderie

Si la place vous fait défaut mais que votre dressing est composé de plusieurs colonnes ou modules, il est peut-être le moment d'en sacrifier un, ou deux […], pour faire de la place à votre bureau. […]

7. Investir un coin perdu

Si votre chambre comporte un angle vacant, cela peut être également le début de votre réflexion. À l'aide de planches vous pourriez vous aussi le transformer en bureau et bibliothèque. […]

8. Un prolongement à la tête de lit

Pour créer un bureau harmonieux dans cette chambre, la tête de lit menuisée a servi de base à un prolongement en bureau avec des tablettes de la même essence. Le résultat […] est réussi et pratique et exploite un espace perdu de la chambre. […]

Enfin, si vous avez envisagé toutes les solutions dans la chambre et qu'un bureau ne fonctionne pas, il vous reste peut-être celle d'investir le palier comme dans cette maison à Dijon. Cette idée peut paraître saugrenue au départ mais elle a permis d'intégrer ici un grand bureau et par conséquent, la chambre a conservé sa seule fonction de détente.

Agnès Carpentier, « Télétravail : comment aménager un bureau dans la chambre », © *Houzz*, 27 novembre 2020.

S'approprier le texte

1. En quoi les modifications de nos modes de vie nous contraignent-elles à adapter l'aménagement de nos intérieurs ?
2. Montrez en quoi le télétravail met à mal la distinction classique entre l'espace privé et l'espace public.

■ 24. Jean-Noël Escudié, « Le confinement a mis en évidence les inégalités dans le logement »

L'association Qualitel, dont la mission est de promouvoir la qualité de l'habitat par la certification et l'information du grand public, publie les résultats d'une étude sur « le confinement, révélateur des inégalités dans la qualité du logement ». Réalisé avec l'institut Ipsos, ce travail s'appuie sur un échantillon représentatif de 2 600 Français. Les personnes interrogées témoignent du fait que le confinement n'a pas été vécu de la même façon selon le lieu de résidence et le type de logement. Si les deux tiers des personnes vivant en zone rurale jugent que leur logement « est tout à fait adapté pour vivre confiné », un Français sur cinq affirme avoir « mal supporté » son logement durant le confinement.

[La revanche de la campagne]

Un Français sur cinq – ce qui représente près de huit millions de foyers – affirme avoir « mal supporté » son logement durant le confinement. Certaines catégories sont surreprésentées dans cette fraction de la population : les jeunes (28 % des moins de 35 ans), les personnes seules (26 %), celles vivant en appartement (29 %) et celles disposant de revenus modestes (32 % de personnes gagnant moins de 1 250 euros). Un sentiment qui peut s'expliquer au vu d'une autre étude sur le confinement, publiée cette fois-ci par l'Insee[1] et montrant que cinq millions de personnes étaient confinées dans des logements surpeuplés.

Sans aller jusqu'à un tel ressenti, 41 % des Français disent néanmoins qu'« il y a eu des moments de tension » dans leur logement au cours du confinement. Les plus concernés sont les jeunes (54 % d'entre eux disent avoir vécu de tels moments), les familles avec des enfants en bas âge (51 %) – on devine sans peine la raison – et les personnes vivant en appartement (49 %).

Les personnes satisfaites de leur logement pendant le confinement présentent un profil inverse. Le portrait type serait « une personne de plus de 60 ans, vivant en couple, propriétaire d'une maison en commune rurale ». Plus d'un Français sur trois (34 %) affirmait même, au bout de six semaines, « qu'il pourrait vivre en confinement très longtemps sans problème ». De même, 37 % des répondants affirment avoir « adoré » leur logement pendant le confinement.

Globalement, il apparaît que « la France des campagnes, qui juge en temps normal plus favorablement la qualité de son logement [...], a globalement mieux vécu le confinement. 65 % des personnes vivant en zone rurale jugent que leur logement est tout à fait adapté pour vivre confiné, contre 47 % pour les personnes vivant dans une grande métropole (35 % pour l'Île-de-France) ».

Ces résultats confirment en effet ceux du baromètre de Qualitel présenté il y a quelques mois et qui mettaient en évidence la « fracture territoriale à l'envers » en matière de logement, au bénéfice des petites villes et des zones rurales. La différence avec ces résultats d'il y a quelques mois, c'est que les choses pourraient bouger dans les prochains mois et années, du moins si on en croit les intentions exprimées : 38 % des habitants d'appartements affirment que cette période de confinement leur a donné

1. **Insee** : Institut national de la statistique et des études économiques. Il collecte, produit, analyse et diffuse des informations sur l'économie et la société françaises.

envie de déménager, soit trois fois plus que parmi les habitants de maisons.

Jean-Noël Escudié, « Le confinement a mis en évidence les inégalités dans le logement », © *Localtis-France*, 17 juin 2020.

S'approprier le texte

1. La distinction entre appartement et maison est-elle un critère pertinent pour juger de la qualité d'un logement ?
2. Quel sens accordez-vous à l'expression : « le vrai luxe, c'est l'espace » ?

25. Simone de Beauvoir, *Le Deuxième Sexe*

Simone de Beauvoir (1908-1986) est une philosophe et romancière française, pionnière du féminisme. Dans le texte suivant, extrait de son ouvrage *Le Deuxième sexe* (1949), elle montre tout ce que les tâches ménagères, en enfermant les femmes dans leur intérieur, peuvent avoir d'aliénant et de sclérosant. Pour elle, si les femmes faisaient la révolution à ce propos, si elles refusaient le travail ménager, ou si elles obligeaient les hommes à le faire avec elles, la société en serait bouleversée.

[Le travail ménager]

Un reporter américain [1], qui a vécu plusieurs mois parmi les « pauvres Blancs » du sud des USA, a décrit le pathétique destin d'une de ces femmes accablées de besogne qui s'acharnent en vain à rendre habitable un taudis. Elle vivait avec son mari et sept enfants dans une baraque de bois aux murs couverts de suie,

1. **James Agee**, *Let Us Now Praise Famous Men*, 1941.

grouillante de punaises ; elle avait essayé de « rendre la maison jolie » ; dans la chambre principale, la cheminée recouverte d'un crépi bleuâtre, une table et quelques tableaux pendus au mur évoquaient une sorte d'autel. Mais le taudis demeurait un taudis et Mrs G. disait les larmes aux yeux : « Ah ! je déteste tant cette maison ! Il me semble qu'il n'y a rien au monde qu'on puisse faire pour la rendre jolie ! » Des légions de femmes n'ont ainsi en partage qu'une fatigue indéfiniment recommencée au cours d'un combat qui ne comporte jamais de victoire. Même en des cas plus privilégiés, cette victoire n'est jamais définitive. Il y a peu de tâches qui s'apparentent plus que celles de la ménagère au supplice de Sisyphe ; jour après jour, il faut laver les plats, épousseter les meubles, repriser le linge qui seront à nouveau demain salis, poussiéreux, déchirés. La ménagère s'use à piétiner sur place ; elle ne fait rien : elle perpétue seulement le présent ; elle n'a pas l'impression de conquérir un Bien positif mais de lutter indéfiniment contre le Mal. C'est une lutte qui se renouvelle chaque jour. On connaît l'histoire de ce valet de chambre qui refusait avec mélancolie de cirer les bottes de son maître. « À quoi bon ? disait-il, il faudra recommencer demain. » Beaucoup de jeunes filles encore mal résignées partagent ce découragement. Je me rappelle la dissertation d'une élève de seize ans qui commençait à peu près par ces mots : « C'est aujourd'hui jour de grand nettoyage. J'entends le bruit de l'aspirateur que maman promène à travers le salon. Je voudrais fuir. Je me jure que quand je serai grande, il n'y aura jamais dans ma maison de jour de grand nettoyage. » L'enfant envisage l'avenir comme une ascension indéfinie vers on ne sait quel sommet. Soudain, dans la cuisine où la mère lave la vaisselle, la fillette comprend que depuis des années, chaque après-midi, à la même heure, les mains ont plongé dans les eaux grasses, essuyé la porcelaine avec le torchon rugueux. Et jusqu'à la mort elles seront soumises à ces rites. Manger, dormir, nettoyer..., les années n'escaladent plus le ciel, elles s'étalent identiques et grises en une nappe horizontale ; chaque jour imite celui qui le précéda ; c'est un éternel présent inutile et sans espoir.

Simone de Beauvoir, *Le Deuxième Sexe*,

S'approprier le texte

1. Montrez en quoi les tâches ménagères enferment les femmes chez elles.

2. Pensez-vous que l'égalité des hommes et des femmes passe nécessairement par le partage des tâches domestiques ?

4. La maison comme ancrage : en partir et y revenir

Avoir une maison, c'est donc pouvoir y entrer et en sortir, mais c'est aussi pouvoir y retourner et devoir en partir. Dans son analyse du conte *Hansel et Gretel*, Bruno Bettelheim (texte 26) décrypte le sens métaphorique de la maison en pain d'épice. Si les enfants se sentent trop bien chez leurs parents, au point de ne pas vouloir quitter le domicile parental, ils risquent de ne pas pouvoir mener leur propre existence. Grandir demande donc d'avoir le courage de s'arracher à son cocon familial. Ce départ est aussi crucial pour Pascal (texte 27) : rester enfermé dans sa chambre nous confronte à notre vide existentiel. Nous avons donc besoin du divertissement que propose le monde extérieur pour combler notre angoisse. Mais celui qui part pourra revenir. Ce retour à la maison engendre bien des joies et des attentes, que ce soit pour les membres de la famille Pagnol (texte 28), ou encore pour Ulysse, qui trouve enfin à Ithaque un repos bien mérité après son long voyage (texte 29).

■ 26. Bruno Bettelheim, *Psychanalyse des contes de fées*

Bruno Bettelheim (1903-1990), psychanalyste américain d'origine autrichienne, analyse dans ce texte le sens profond que recèle le conte des frères Grimm[1], *Jeannot et Margot,* connu aussi sous le nom de *Hansel et Gretel*. C'est la maison de pain d'épice, au cœur de ce conte, qui intéresse tout particulièrement notre auteur. Il montre ainsi en quoi cette maison symbolise pour l'enfant une mise

1. **Les frères Grimm** étaient deux linguistes, philologues et collecteurs de contes de langue allemande : Jacob Grimm (1785-1863) et Wilhelm Grimm (1786-1859).

en garde contre la régression et un encouragement à accéder à un plan supérieur de la vie psychologique et intellectuelle.

[La maison de pain d'épice]

Jeannot et Margot commence d'une façon réaliste : les parents sont pauvres et se demandent s'ils pourront continuer de nourrir leurs enfants. [...]

Le conte de fées exprime en paroles et en actes des choses qui se passent dans l'esprit des enfants. Dans les termes de l'angoisse dominante de l'enfant, Jeannot et Margot croient que leurs parents méditent de les abandonner. [...]

Implicitement, l'histoire nous parle des conséquences débilitantes qui nous attendent si nous essayons de régler les problèmes de la vie par la régression et par le refus, qui diminuent nos chances de les résoudre. [...]

La maison de pain d'épice qu'ils trouvent dans la forêt représente une existence fondée sur les satisfactions les plus primitives. Se laissant emporter par leur faim incontrôlée, les deux enfants n'hésitent pas à détruire ce qui devrait leur procurer abri et sécurité [...].

En dévorant une partie du toit et des fenêtres de la maison de pain d'épice, nos héros montrent qu'ils n'hésitent pas, par gourmandise, à priver des personnes de leur demeure (ils ont eux-mêmes transféré sur leurs parents leur peur d'être privés de maison en les accusant de vouloir les abandonner pour pouvoir manger à leur faim). Malgré la voix qui les avertit de l'intérieur de la chaumière :

Et j'te grignote et grignotons,
Qui grignote ma maison ?

les enfants se mentent à eux-mêmes en répondant :

C'est le vent, c'est le vent.

et « ils continuent à manger sans se laisser troubler ni déranger ».

La maison de pain d'épice est une image que personne ne peut oublier : quel tableau incroyablement tentant, séduisant, et quel risque terrible on court si on cède à la tentation ! L'enfant reconnaît que, comme Jeannot et Margot, il aimerait dévorer la maison de pain d'épice, quel que puisse être le danger. La maison représente l'avidité orale et le plaisir qu'on éprouve à la satisfaire. […]

[D]ans les rêves comme dans les fantasmes et l'imagination de l'enfant, la maison, c'est-à-dire l'endroit où il vit, peut symboliser le corps, et habituellement, celui de la mère. La maison de pain d'épice, qui peut être « dévorée », est le symbole de la mère qui, en fait, nourrit l'enfant de son corps. Ainsi, la maison que Jeannot et Margot mangent avec le plus grand plaisir et sans se soucier de quoi que ce soit représente pour l'inconscient la mère bonne qui donne son corps en pâture. Elle est la mère originelle, qui est toute générosité et que tout enfant espère retrouver un jour quelque part dans le monde dès que sa propre mère commence à exprimer ses exigences et à imposer des restrictions. C'est pourquoi, transportés par leurs espoirs, Jeannot et Margot ne prennent pas garde à la douce voix qui leur demande qui ils sont et ce qu'ils font, la voix même de leur conscience. Aveuglés par leur gourmandise et par le plaisir des satisfactions orales qui semblent éteindre l'angoisse orale qui les étreignait jusqu'alors, les deux enfants « se régalent tout leur soûl ». […]

Après ce rêve de béatitude infantile, un dur réveil attendait les deux enfants :

« Mais si la vieille avait été si aimable, c'était seulement pour faire semblant : en réalité c'était une méchante sorcière… »

C'est ce que ressent l'enfant quand il est ravagé par les sentiments ambivalents, les frustrations, et les angoisses de la période œdipienne de son développement et quand il est déçu et furieux de voir que sa mère cesse de combler ses désirs et ses besoins comme il le souhaiterait. Profondément bouleversé de constater qu'elle n'est plus inconditionnellement dévouée à son service, qu'elle devient exigeante et se consacre à ses propres intérêts (quelque chose dont l'enfant, jusque-là, ne voulait pas prendre conscience), il imagine que sa mère ne s'occupait de lui et ne créait un monde de félicité orale que pour le tromper, comme le fait la sorcière de l'histoire.

Ainsi, la demeure familiale « tout près d'une grande forêt » et la maisonnette fatidique au plus profond de la même forêt ne sont au niveau de l'inconscient que les deux aspects de la maison parentale : celle qui comble et celle qui frustre.

Bruno Bettelheim, *Psychanalyse des contes de fées*, trad. Théo Carlier, © Éditions Robert Laffont, 1976, p. 239-245.

S'approprier le texte

1. Montrez comment la maison de pain d'épice symbolise, pour Bruno Bettelheim, le corps de la mère.

2. En quoi est-il nécessaire, pour l'enfant, d'apprendre à quitter le domicile parental ?

27. Blaise Pascal, *Pensées*

Pendant le confinement, nous avons tous découvert qu'il n'y avait rien de plus difficile que de rester en repos dans une chambre. Pourquoi est-ce si difficile ? Le philosophe français Blaise Pascal (1623-1662) considère le repos comme une métaphore du rapport à soi, de la capacité de l'être humain à se regarder lui-même sans diversion, sans obstacle, dans la plus grande transparence. Cette vue serait, selon lui, insupportable. C'est la raison pour laquelle tout ce qui nous en détourne vaut la peine d'être pratiqué.

[L'insupportable immobilité]

Divertissement. – Quand je m'y suis mis quelquefois à considérer les diverses agitations des hommes et les périls et les peines où ils s'exposent dans la cour, dans la guerre, d'où naissent tant de querelles, de passions, d'entreprises hardies et souvent mauvaises, j'ai dit souvent que tout le malheur des hommes vient d'une seule chose, qui est de ne savoir pas demeurer en repos dans une chambre. Un homme qui a assez de biens pour vivre, s'il savait demeurer chez soi avec plaisir, n'en sortirait pas pour aller sur la mer ou au siège d'une place, ou n'achèterait une charge à l'armée si cher que parce qu'on trouverait insupportable de ne bouger de la ville, et on ne recherche les conversations et les divertissements des jeux que parce qu'on ne peut demeurer chez soi avec plaisir.

Mais quand j'ai pensé de plus près et qu'après avoir trouvé la cause de tous nos malheurs, j'ai voulu en découvrir les raisons, j'ai trouvé qu'il y en a une bien effective, qui consiste dans le malheur naturel de notre condition faible et mortelle, et si misérable que rien ne peut nous consoler lorsque nous y pensons de près. [...]

De là vient que le jeu et la conversation des femmes, la guerre, les grands emplois sont si recherchés. Ce n'est pas qu'il y ait en effet du bonheur, ni qu'on s'imagine que la vraie béatitude soit d'avoir l'argent que l'on peut gagner au jeu, ou dans le lièvre qu'on court : on n'en voudrait pas s'il était offert. Ce n'est pas cet usage mol et paisible, et qui nous laisse penser à notre malheureuse condition, qu'on recherche, ni les dangers de la guerre, ni la peine des emplois, mais c'est le tracas qui nous détourne d'y penser et nous divertit.

De là vient que les hommes aiment tant le bruit et le remuement. De là vient que la prison est un supplice si horrible, de là vient que le plaisir de la solitude est une chose incompréhensible. [...]

Voilà tout ce que les hommes ont pu inventer pour se rendre heureux. Et ceux qui font sur cela les philosophes, et qui croient que le monde est bien peu raisonnable de passer tout le jour à courir après un lièvre qu'ils ne voudraient pas avoir acheté, ne connaissent guère notre nature. Ce lièvre ne nous garantirait pas de la vue de la mort et des misères, mais la chasse – qui nous en détourne – nous en garantit. [...]

Et ainsi, quand on leur reproche que ce qu'ils recherchent avec tant d'ardeur ne saurait les satisfaire, s'ils répondaient, comme il devrait le faire s'ils y pensaient bien, qu'ils ne recherchent en cela qu'une occupation violente et impétueuse qui les détourne de penser à soi, et que c'est pour cela qu'ils se proposent un objet attirant qui les charme et les attire avec ardeur, ils laisseraient leurs adversaires sans repartie. Mais ils ne répondent pas cela, parce qu'ils ne se connaissent pas eux-mêmes. Ils ne savent pas que ce n'est que la chasse, et non pas la prise, qu'ils recherchent.

Blaise Pascal, *Pensées*, Flammarion, coll. « GF », 1976, 139 (Brunschvicg), p. 86-88.

S'approprier le texte

1. En quoi la chambre est-elle pour l'homme une source d'angoisse ?

2. Justifiez le besoin que les humains ont de sortir de chez eux.

28. Marcel Pagnol, *Le Château de ma mère*

Marcel Pagnol (1895-1974) est un écrivain, dramaturge, cinéaste et producteur français, originaire d'Aubagne. La Provence constitue dans son œuvre ce paradis de l'enfance heureuse où se déroulent les plus beaux épisodes de ses fameux *Souvenirs d'enfance* (1957-1977). Dans l'extrait présenté ici, nous pouvons saisir à quel point le retour des vacances a pu être, pour Marcel, un déchirement. Mais cette nostalgie ressentie par le narrateur n'est pas partagée par les autres membres de la famille. Rentrer chez soi est bien plutôt vécu sur le mode de la joie et de l'enthousiasme. Retrouver son chez-soi et ses habitudes, tel est le sens profond du bonheur domestique.

[Les préparatifs du retour]

Il était au moins huit heures, et mon père ne m'avait pas appelé : la pluie avait noyé la dernière chasse.

Paul me dit :

– Quand ça s'arrêtera, j'irai aux escargots.

Je sautai à bas du lit.

– Tu sais qu'on s'en va demain ?

J'espérais éveiller chez lui un désespoir spectaculaire que j'aurais pu utiliser.

Il ne me répondit pas, car il était très occupé à lacer ses souliers.

– On n'ira plus à la chasse, il n'y aura plus de fourmis, plus de pregadiou, plus de cigales.

– Elles sont toutes mortes ! dit Paul. Tous les jours, je n'en trouve plus.

– En ville, il n'y a pas d'arbres, pas de jardin, il faut aller en classe…

– Oh oui ! dit-il avec joie. En classe, il y a Fusier. Il est beau Fusier. Moi je l'aime. Je vais tout lui raconter. Je lui donnerai de la gomme d'amandier. J'en ai fait la provision !

– Et alors, lui dis-je sur un ton sévère, ça te fait plaisir que les vacances soient finies ?

– Oh oui ! dit-il. Et puis, à la maison, j'ai ma boîte de soldats.

– Alors, pourquoi tu pleurais hier soir ?

Il ouvrit ses grands yeux bleus, et dit :

– Je sais pas.

Je fus écœuré par ce renoncement, mais je ne perdis pas courage, et je descendis à la salle à manger. […]

– Ah te voilà ! dit mon père. […] Les vacances sont finies, il faut rentrer en classe, et nous partons demain.

Il se mit à clouer le couvercle de la caisse ; je vis bien qu'il clouait le cercueil des vacances, et que rien n'y changerait rien. […]

D'un air indifférent, j'allai jusqu'à la fenêtre, et je collai mon visage contre les carreaux. Les gouttes de pluie coulaient lentement sur la vitre : sur ma figure, lentement coulaient mes larmes. […] J'entendais des phrases comme celle-ci :

– Après tout, on a eu de belles vacances, mais on n'est pas mécontent de rrentrrer[1] chez soi !

Et cette autre, proférée par mon père lui-même :

– C'est peut-être un vice chez moi, mais il me tarde de retrouver mes gosses et mon tableau noir !

Et les bartavelles, qu'est-ce qu'il en faisait, ce maniaque ?

Quant à la tante Rose, elle déclara tout net :

– Moi, ici, ce qui me manque, c'est le Gaz. Franchement, je languissais de partir, à cause du Gaz !

Comment une femme si charmante et – en apparence – si raisonnable, pouvait-elle proférer de pareilles extravagances, et préférer cette sifflotante puanteur à la brise résineuse des collines ?

L'oncle Jules, pourtant, la dépassa dans l'ignominie, car il dit :

– Eh bien, moi, ce qui m'a manqué, ce sont des cabinets confortables, sans fourmis, sans araignées, sans scorpions, et munis d'une chasse d'eau.

Voilà donc à quoi il pensait, ce grand buveur de vin, avec ses grosses fesses : parmi le thym, le romarin et les lavandes, au chant des grillons et des cigales, sous le ciel d'un bleu vif où

---

1. Rrentrrer : accentuation faite par l'auteur lui-même pour montrer l'enthousiasme qu'engendre le retour à la maison.

naviguaient les Provençales, il n'avait pensé qu'à ça ! Et il l'avouait !

J'étais au comble de l'indignation, mais je constatai avec fierté que seule ma mère ne blasphémait pas mes chères collines : elle avait au contraire un petit air de mélancolie si tendre que j'allai lui baiser furtivement la main.

Puis, je m'installai dans un coin sombre, pour réfléchir.

Marcel Pagnol, *Le Château de ma mère*,
Éditions de Fallois, © Marcel Pagnol 2004 ;
1973, p. 74-80, p. 74-80.

S'approprier le texte

1. Distinguez les différentes raisons pour lesquelles les personnages ont hâte de rentrer chez eux.
2. Peut-on vivre longtemps loin de sa maison ?

---

29. Homère, *L'Odyssée*

L'Odyssée est une épopée grecque antique attribuée à Homère, vers la fin du VIIIe siècle av. J.-C. Elle est considérée comme l'un des plus grands chefs-d'œuvre de la littérature mondiale. À la suite de la guerre de Troie, Ulysse s'attire l'hostilité de Poséidon qui le voue à errer sur les mers sans pouvoir rentrer chez lui. À Ithaque, la patrie d'origine d'Ulysse, Pénélope, sa femme et Télémaque, leur fils, l'attendent. Voilà vingt ans qu'Ulysse est parti et qu'ils sont sans nouvelles de lui. Dans ce chant célèbre, Ulysse est enfin de retour. Pénélope, d'abord méfiante, le reconnaît grâce au récit que fait Ulysse du lit qu'il a bâti autour d'un tronc d'olivier, au centre de la maison.

[Le retour à Ithaque]

La vénérable Euryclée, transportée de joie, monte à l'appartement de Pénélope pour lui annoncer le retour de son époux bien-aimé […]. Elle se penche vers la tête de la reine et lui dit :

« Réveille-toi, Pénélope, ma fille chérie, et viens voir de tes propres yeux celui que tu désires depuis tant d'années. Ulysse est de retour […]. »

Pénélope se réveille aux paroles d'Euryclée. […]

« Ma chère nourrice, il ne faut pas te réjouir encore. Tu sais combien le retour d'Ulysse serait agréable à tous ceux de sa maison, et à moi surtout, ainsi qu'à Télémaque, notre fils ; mais je ne puis croire à la vérité de tes paroles. […] Ulysse n'est plus ! »

La nourrice Euryclée répond aussitôt en disant :

« Ô ma fille, quelle parole s'est échappée de tes lèvres ! Ton époux est dans sa demeure, assis auprès du foyer, et tu dis qu'il ne reviendra jamais ! Mais ton esprit est donc toujours incrédule ? […] Suis-moi donc, à présent, ô reine ; et si tu trouves que je t'ai trompée, je consens à mourir de la mort la plus triste et la plus déplorable. » […]

[E]lle descend de ses appartements et se demande si elle interrogera son époux sans l'approcher, ou si elle se jettera dans ses bras et lui baisera les mains et le visage. Quand elle est entrée dans la salle, après avoir franchi le seuil de pierre, elle s'assied en face d'Ulysse, à la lueur de la flamme, contre le mur opposé. Son époux est appuyé contre une haute colonne, les regards baissés, attendant si son épouse, lorsqu'elle l'aura vu, lui adressera la parole. Pénélope reste morne, silencieuse, et son cœur est frappé d'étonnement ; elle regarde Ulysse : tantôt elle le reconnaît, et tantôt elle ne le reconnaît plus sous ses sales haillons. […]

Semblable à une divinité immortelle, […] placé en face de son épouse, il lui parle en ces termes :

« Femme étrange, les dieux habitants de l'Olympe t'ont donné un cœur bien insensible ! Non, sans doute, aucune mortelle ne s'éloignerait avec autant d'opiniâtreté de son époux, qui, ayant longtemps souffert, reviendrait enfin dans sa patrie après vingt années d'absence ! Vénérable Euryclée, prépare-moi ma couche, pour que je repose seul ; car la reine renferme dans son sein un cœur de fer ! »

La chaste Pénélope lui répond aussitôt :

« Homme étrange, je n'ai ni orgueil, ni mépris pour personne [...]. Je sais très bien comment tu étais lorsque tu partis d'Ithaque sur tes navires aux longues rames. Euryclée, hâte-toi donc de préparer en dehors des appartements splendides la couche solide que mon époux construisit lui-même ; sors cette couche, et garnis-la de peaux de chèvres, de couvertures de laine et de riches tapis. »

Pénélope parle ainsi afin d'éprouver Ulysse. Le héros, blessé d'un tel discours, dit à sa chaste épouse :

« Pénélope, tu viens de prononcer une parole qui m'a déchiré le cœur ! Qui donc a déplacé cette couche ? L'homme le plus habile et le plus fort n'aurait pu en venir à bout. Il n'y a qu'une divinité qui ait pu transporter facilement ma couche ailleurs : le mortel même le plus robuste ne pourrait la changer de place. Il existe des secrets merveilleux dans cette couche habilement travaillée : c'est moi seul qui l'ai construite, et nul autre n'y a mis la main. – Dans l'enceinte de la cour s'élevait jadis un superbe et vigoureux olivier à l'épais feuillage, dont le tronc était aussi gros qu'une colonne. Autour de cet olivier je bâtis la chambre nuptiale avec des pierres étroitement unies ; je la couvris d'un toit et je la fermai par des portes qui se joignaient exactement. Je coupai ensuite le sommet de l'olivier, et, après avoir scié le tronc à partir de sa racine, je le polis tout autour avec l'airain, je l'alignai au cordeau, je le trouai de tous côtés avec une tarière, et j'en formai le pied de ma couche, que je façonnai avec le plus grand soin, et que j'enrichis d'or, d'argent et d'ivoire ; puis je tendis en dessous des courroies de cuir teintes en rouge. Voilà les secrets merveilleux dont je t'ai parlé. Maintenant j'ignore si ma couche est encore à l'endroit où je l'ai laissée, ou si quelqu'un l'a transportée ailleurs en coupant l'olivier à sa racine. »

Il dit. Pénélope sent ses genoux trembler et son cœur défaillir lorsqu'elle reconnaît les signes que lui décrit son époux avec tant d'exactitude ; elle se lève en pleurant, court à Ulysse, lui jette ses bras autour du cou, lui baise la tête et le visage, et lui dit :

« Ne sois point irrité contre moi, cher Ulysse, toi le plus prudent des hommes. [...]

Maintenant, cher époux, je te reconnais ; car tu m'as clairement expliqué les signes de notre couche. [...] »

À ces mots, le divin Ulysse verse des larmes de tendresse et embrasse avec transport son épouse fidèle et chérie.

Homère, *L'Odyssée*, trad. *Eugène Bareste*, chant XXIII, disponible en ligne.

S'approprier le texte

1. Montrez en quoi être chez soi suppose une connaissance intime de son lieu d'habitation.

2. Peut-on vivre heureux en exil ?

5. Intrusion et étrangeté

Si la maison a pour vocation d'assurer sécurité et protection, nous devons bien cependant reconnaître que tel n'est pas toujours le cas. Le cambriolage, par exemple, est vécu comme une effraction de notre intimité, ce qui peut générer un certain nombre de traumatismes. Cette menace réelle contribue à nourrir la crainte de l'intrusion, y compris sous des formes imaginaires : fantasmes et autres esprits frappeurs... Raphaël Masson (texte 30) relate la rencontre que certains visiteurs auraient faite avec Marie-Antoinette... Ce que confirmerait l'Impératrice Joséphine lors de sa visite du Louvre (texte 31). Mais ces rencontres avec l'au-delà deviennent, chez Maupassant (texte 32), véritablement angoissantes : l'étrange nous amène alors à côtoyer la folie.

---

30. Mathieu da Vinha et Raphaël Masson, *Versailles*

Raphaël Masson est actuellement conservateur en chef au musée de Versailles. Il a rédigé l'article du dictionnaire consacré au château qui évoque les fantômes. Doit-on considérer Versailles comme un château hanté ? Certaines histoires peuvent nous le faire croire. Cependant, il est à noter que celles-ci nous viennent de deux dames anglaises... Les fantômes se cacheraient-ils des Français ?

[Histoire de fantômes]

À la différence de certains de ses homologues britanniques, le château de Versailles fait assez peu parler de lui en matière de manifestations surnaturelles. En 1686, des « esprits » sont aperçus par certains témoins exécutant un ballet fantastique sur les toits du chenil tout juste achevé. Friande d'émotions fortes,

Mme de Montespan [1] se rend sur place pour voir ces apparitions, mais, relate Souches, « ce fut inutilement car ils ne parurent plus depuis ». Les amateurs de revenants ou d'expériences paranormales préféreront Trianon [2] au palais lui-même, qui semble désespérément tranquille dans ce domaine. C'est en effet à Trianon que, en août 1901, deux respectables Anglaises de passage à Paris, Annie Moberly et Eleanor Frances Jourdain, ont affirmé avoir rencontré des fantômes dans les allées du domaine de la reine ou, plus exactement, avoir pénétré en plein XVIIIe siècle l'espace d'un moment, croisé le chemin de personnages de l'entourage de Marie-Antoinette, voire aperçu la reine elle-même. Revenue à Versailles en 1902, puis en 1908, Eleanor Jourdain prétend avoir vécu deux autres expériences similaires. Le récit des deux femmes, publié en 1911, dix ans après leur première visite, sous le titre *An Adventure*, fut un véritable succès de librairie et connut de nombreuses rééditions. Jean Cocteau lui-même rédigea la préface de l'édition française de 1959 [3]. D'autres témoignages du même genre, ayant toujours Trianon pour cadre, ont été recensés dans la première moitié du XXe siècle, mais restent néanmoins fort peu nombreux et disparaissent tout à fait ensuite. L'un des plus pittoresques est celui du peintre René

1. **Madame de Montespan** (1640-1707), maîtresse de Louis XIV en 1667, est arrivée à la Cour grâce à Anne d'Autriche. Cette femme à la beauté éblouissante et redoutée des courtisans, jouit d'une grande influence sur la vie de la Cour.

2. Non loin du château, Louis XIV donna libre cours à son amour de l'architecture et des jardins en créant un domaine réservé à son usage personnel. Aménagés à l'emplacement d'un ancien village, les lieux en conservèrent tout naturellement le nom : **Trianon**. Louis XV puis la reine Marie-Antoinette tombèrent à leur tour sous le charme des lieux et contribuèrent à son développement et à son embellissement.

3. **C.A.E. Moberly et E.F. Jourdain**, *Les Fantômes de Trianon* [1959], Éditions du Rocher, 2000.

Kuder, qui, installé pour travailler dans la laiterie du Hameau[1], prétendit avoir reçu la visite d'une femme tenant sa tête à la main… Nul doute que la récente implantation du jardin champêtre et la complète restauration du Petit Trianon n'aient eu définitivement raison du fantôme de la reine et n'aient chassé les revenants bien loin de son domaine…

Raphaël Masson, « Fantômes » dans *Versailles. Histoire, dictionnaire et anthologie*, © Robert Laffont, coll. « Bouquin », 2015, p. 303-304.

S'approprier le texte

1. Montrez en quoi l'ironie de l'auteur peut nous faire douter de la véracité des histoires de fantômes qui nous sont rapportées.

2. Montrez en quoi les histoires de fantômes attestent de la fascination qu'exerce sur nous le personnage de Marie-Antoinette.

31. Paul Guth, *Moi Joséphine impératrice*

Paul Guth (1910-1997) est un romancier et essayiste français. Dans cet extrait, il nous présente les difficultés rencontrées par Joséphine de Beauharnais[2] pour s'installer aux Tuileries. Partout, le fantôme de Marie-Antoinette[3], la reine déchue, semble l'accompagner.

1. Le Hameau de la Reine est un lieu de promenade idyllique situé dans les jardins de Trianon. Il se compose de dix fabriques, ces petites maisons à l'aspect rustique, disposées autour du lac. Le style du hameau n'est pas clairement identifiable, fait d'un mélange d'architectures rurales variées, mais dégage une indéniable unité.

2. Joséphine de Beauharnais (1763-1814) est la première épouse de l'empereur Napoléon Ier, de 1796 à 1809.

3. Marie-Antoinette, épouse de Louis XVI, reste l'une des plus célèbres reines de France. Née en 1755 à Vienne (Autriche), elle est guillotinée le 16 octobre 1793 à Paris, après sa condamnation à mort pour trahison par le Tribunal révolutionnaire.

Comment habiter un lieu qui est à ce point imprégné de la présence d'une autre ?

[Le fantôme de la Reine]

Le 19 février, notre installation aux Tuileries. […]

Bonaparte voulut montrer que la Révolution était terminée. « Faites-moi disparaître ces saloperies-là ! » dit-il à l'architecte en désignant les bonnets rouges peints sur les murs des Tuileries. Il fit arracher les arbres de la Liberté, plantés par le Comité de salut public, qui masquaient le palais. Il fit gratter l'inscription qui souillait l'un des corps de garde de la grille du Carrousel : « le 10 août 1792 [1], la royauté est abolie et ne se relèvera jamais »…

Bonaparte trouvait le palais de nos rois « triste comme la grandeur ». Je ne pouvais pas détacher ma pensée de Marie-Antoinette, dont je portais les perles. C'était là qu'elle avait vécu les heures les plus affreuses de la monarchie, les émeutes, les insultes de la populace, avant de partir, le 10 août, pour son calvaire : l'Assemblée, la prison, la mort.

Je m'installai au rez-de-chaussée. « Je ne serai jamais heureuse ici », dis-je à Hortense.

À l'angle du pavillon de Flore, on entrait par un perron, ouvrant sur la cour du Carrousel. Ensuite une enfilade de petites pièces et les salons, donnant sur les jardins. L'architecte Lecomte fut écartelé entre Bonaparte qui, comme Harpagon, lui ordonnait de « faire tout avec peu d'argent », et moi qui le harcelais par ma frénésie de mode. Comment mettre au goût du jour le vieux palais de Louis XIV ? Le

1. **Le 10 août 1792**, des sans-culottes et des fédérés (volontaires) s'emparent du palais royal après avoir obtenu le ralliement des gardes nationaux qui devaient, à l'origine, défendre Louis XVI. Le roi, qui s'était réfugié à l'Assemblée avec sa famille, est arrêté. Cette journée marque en quelque sorte la fin de la monarchie. La République est alors proclamée le 21 septembre 1792 par la Convention.

pauvre Lecomte, malgré son art, le Premier Consul, malgré son pouvoir, moi, malgré mon charme, nous nous heurtions à un mur et à une foule. Le mur derrière lequel nous vivions. Assis, nous ne voyions goutte au-dehors, tant les appuis des croisées étaient hauts. Les abaisser ? Nous aurions saccagé l'architecture. On eût traité Bonaparte de vandale et moi de poupée capricieuse. Si nous entrebâillions une fenêtre ou soulevions un rideau, la foule accourait comme une volée de moineaux. Elle n'était séparée de nous que par une terrasse haute de deux marches. L'air, la lumière, le jardin : interdits à notre grandeur !

Je me vengeai en habillant les salons avec des soies de couleur qui juraient comme des diablesses avec les plafonds peints selon la pompe du Grand Siècle. Premier salon : taffetas lustré, bleu violacé, brodé de chèvrefeuille marron. Rideaux et meubles de même. Second salon : tentures en satin jaune et feuille morte, à franges rouges. Des glaces, des glaces, mon appel désespéré à la lumière. Des glaces drapées, plus élégantes qu'encadrées. Consoles de porphyre et de marbres rares, portant des vases de Sèvres ou de granit rose et de splendides candélabres. Un lustre de cristal de roche essayait de remplacer le soleil.

La chambre à coucher commune aux deux époux : meubles recouverts de soie bleu et blanc à franges d'or. Dans un enfoncement, le lit écrasant, en acajou massif, aux ornements de bronze redondants. Le 19 février au soir, Bonaparte me dit en riant : « Allons, petite créole[1], venez vous mettre dans le lit de vos maîtres. » Je crus toujours que l'ombre de la reine venait me demander ce que je faisais là.

Paul Guth, *Moi Joséphine impératrice*,
© Éditions Albin Michel, 2021, chap. 10, p. 177-178.

---

1. Créole : personne d'ascendance européenne, originaire d'une des anciennes colonies d'outre-mer (en particulier les Antilles).

S'approprier le texte

1. En analysant le ressenti de Joséphine de Beauharnais, peut-on dire que « les murs ont une âme » ?

2. Peut-on faire de n'importe quelle maison « sa » maison ?

32. Guy de Maupassant, « Le Horla »

« Le Horla », écrit par Guy de Maupassant (1850-1893), écrivain et journaliste littéraire français, est une nouvelle fantastique[1], parue en 1887. Dans cet extrait, le narrateur rapporte ses angoisses et divers autres troubles. Il sent autour de lui la présence d'un être invisible qui semble se nommer le Horla. Il sombre peu à peu dans une forme de folie en cherchant à se délivrer de cet être surnaturel qui hante ses nuits et le terrasse.

[Cauchemar en chambre]

18 mai. – Je viens d'aller consulter un médecin, car je ne pouvais plus dormir. Il m'a trouvé le pouls rapide, l'œil dilaté, les nerfs vibrants, mais sans aucun symptôme alarmant. Je dois me soumettre aux douches et boire du bromure de potassium.

25 mai. – Aucun changement ! Mon état, vraiment, est bizarre. À mesure qu'approche le soir, une inquiétude incompréhensible m'envahit, comme si la nuit cachait pour moi une menace terrible. Je dîne vite, puis j'essaie de lire ; mais je ne comprends pas les mots ; je distingue à peine les lettres. Je marche alors dans mon salon de long en large, sous l'oppression d'une crainte confuse et irrésistible, la crainte du sommeil et la crainte du lit.

1. **Fantastique** : qui relève d'un genre littéraire se caractérisant par l'intrusion du surnaturel dans le cadre réaliste d'un récit. Selon le théoricien de la littérature Tzvetan Todorov, le fantastique se distingue du merveilleux par l'hésitation qu'il produit entre le surnaturel et le naturel, le possible ou l'impossible et parfois entre le logique et l'illogique.

Vers dix heures, je monte dans ma chambre. À peine entré, je donne deux tours de clef, et je pousse les verrous ; j'ai peur… de quoi ?… Je ne redoutais rien jusqu'ici… j'ouvre mes armoires, je regarde sous mon lit ; j'écoute… j'écoute… quoi ?… Est-ce étrange qu'un simple malaise, un trouble de la circulation peut-être, l'irritation d'un filet nerveux, un peu de congestion [1], une toute petite perturbation dans le fonctionnement si imparfait et si délicat de notre machine vivante, puisse faire un mélancolique du plus joyeux des hommes, et un poltron du plus brave ? Puis, je me couche, et j'attends le sommeil comme on attendrait le bourreau. Je l'attends avec l'épouvante de sa venue, et mon cœur bat, et mes jambes frémissent ; et tout mon corps tressaille dans la chaleur des draps, jusqu'au moment où je tombe tout à coup dans le repos, comme on tomberait pour s'y noyer, dans un gouffre d'eau stagnante. Je ne le sens pas venir, comme autrefois, ce sommeil perfide, caché près de moi, qui me guette, qui va me saisir par la tête, me fermer les yeux, m'anéantir.

Je dors – longtemps – deux ou trois heures – puis un rêve – non – un cauchemar m'étreint. Je sens bien que je suis couché et que je dors… je le sens et je le sais… et je sens aussi que quelqu'un s'approche de moi, me regarde, me palpe, monte sur mon lit, s'agenouille sur ma poitrine, me prend le cou entre ses mains et serre… serre… de toute sa force pour m'étrangler.

Moi, je me débats, lié par cette impuissance atroce, qui nous paralyse dans les songes ; je veux crier, – je ne peux pas ; – je veux remuer, – je ne peux pas ; – j'essaie, avec des efforts affreux, en haletant, de me tourner, de rejeter cet être qui m'écrase et qui m'étouffe, – je ne peux pas !

Et soudain, je m'éveille, affolé, couvert de sueur. J'allume une bougie. Je suis seul.

Guy de Maupassant, « Le Horla », dans *Le Horla et autres contes fantastiques*, Flammarion, coll. « Étonnants Classiques », 2017, p. 41-43.

---

1. Congestion : accumulation anormale de sang.

S'approprier le texte

1. En quoi la chambre génère-t-elle ici une profonde angoisse chez le narrateur ?

2. Montrez comment cette présence étrangère rend la maison inhospitalière.

Prolongements

Je regarde *Les Autres*, d'Alejandro Amenábar (2001).

En 1945, dans une immense demeure victorienne isolée sur l'île de Jersey au large de la Normandie, vit Grace, une jeune femme pieuse, et ses deux enfants, Anne et Nicholas. Un jour d'épais brouillard, trois personnes frappent à la porte du manoir isolé, en quête d'un travail. Grace, qui a justement besoin d'aide pour l'entretien du parc ainsi que d'une nouvelle nounou pour ses enfants, les engage. Dès lors, des événements étranges surviennent dans la demeure...

J'écoute « Simone de Beauvoir : la révolution par la répartition des tâches ménagères », Culture Prime, sur YouTube.

Simone de Beauvoir nous explique comment une révolution sociale est possible entre les sexes en établissant une parité entre les hommes et les femmes pour s'occuper des tâches ménagères.

Pour le plaisir, je regarde la série télévisée humoristique quotidienne *Nos chers voisins* (TF1, 2012-2017).

Familles avec enfants, célibataires, colocataires, fêtards, vieux ronchons... La vie et les relations de voisinage des habitants d'un immeuble situé au 28, rue de la Source à Paris, qui se croisent sur le palier, dans le hall, la cour ou bien encore dans l'ascenseur.

Pour revenir sur l'expérience du confinement, je lis « Hier sur mon balcon », sur le blog d'Anne Weyer (2020).

Thérapeute et conférencière, Anne Weyer propose sur son blog de très beaux textes qui mettent des mots sur l'expérience collective du confinement et invitent à davantage d'entraide et d'écoute. Dans « Hier sur mon balcon », elle montre comment la présence des voisins gomme la démarcation stricte entre intérieur et extérieur de la maison.

III. Être sans toit

4 millions de Français sont concernés par le mal-logement (squats, bidonvilles, habitat dégradé...) et plus de 12 millions d'entre eux (sur 67 millions en tout) sont en situation de précarité. Le mal-logement cause un « mal-vivre », avec des impacts sur toutes les dimensions de l'existence : la santé, l'éducation, l'équilibre familial, l'insertion sociale et professionnelle. Les loyers sont de plus en plus chers et les prix à l'acquisition de plus en plus élevés – tant dans le neuf que dans l'ancien. Face à cette hausse du coût du logement, les ménages les plus vulnérables peuvent avoir du mal à se maintenir dans leur logement, voire subir une expulsion traumatisante hors de leur domicile. La privation de toit est à la fois une violence réelle et une non-reconnaissance symbolique de l'humanité de la personne. Ces deux aspects sont encore empirés dans le cas de personnes réfugiées et/ou sans-papiers. À l'absence d'abri se joint alors la clandestinité, avec son cortège de misères tant physiques que psychiques. Avoir une maison à soi, tel paraît bien être le prérequis indispensable pour qu'un individu puisse vivre dignement.

■ **Charles Marville, *Haut de la rue Champlain*, 1877-1878, Paris, musée Carnavalet.**

Photographe de renom, Charles Marville (1813-1879) réalise de nombreux clichés pour les Travaux historiques de la ville de Paris. Ses photographies témoignent de la précarité de certains habitats urbains à son époque.

1. Les mal-logés

Le « mal-logement » est un néologisme adopté par la Fondation Abbé-Pierre pour évoquer l'habitat des personnes défavorisées. Il est employé pour désigner un phénomène social massif, qui prend des formes diverses. Tout d'abord, comme l'indique le texte d'Engels (texte 33), le mal-logement se juge par des caractéristiques techniques. Tout habitat insalubre, précaire ou de fortune, relève de cette catégorie. Mais le « mal-logement » désigne aussi le statut juridique d'un individu par rapport au logement qu'il occupe. Est « mal logée » toute personne qui ne maîtrise pas elle-même la durée de son hébergement. Cela recoupe le cas de personnes sans domicile (qui ne sont pas toutes sans abri), ou encore de personnes accueillies chez des proches ou des tiers. Mais cela concerne aussi ceux qui vivent chez eux dans des conditions précaires (privation de confort, surpeuplement, logements insalubres, caravanes).

33. Friedrich Engels, *La Situation de la classe ouvrière en Angleterre en 1844*

Friedrich Engels (1820-1895) est un philosophe, anthropologue, théoricien socialiste et communiste allemand, grand ami de Karl Marx. Dans ce texte, Engels dénonce, tout en la décrivant, la misère du prolétariat urbain dans les cités industrielles anglaises. Il met ainsi au jour le processus de ghettoïsation qui s'inscrit au cœur des villes et qui acte les logiques de ségrégations[1] sociales.

1. **Ségrégation** : processus par lequel une distance sociale est imposée à un groupe du fait de sa race, de son sexe, de sa position sociale ou de sa religion, par rapport aux autres groupes d'une collectivité.

[La ségrégation des pauvres]

Toute grande ville a un ou plusieurs « mauvais quartiers » – où se concentre la classe ouvrière. Certes, il est fréquent que la pauvreté réside dans des venelles cachées tout près des palais des riches, mais en général, on lui a assigné un terrain à part où, dérobée au regard des classes plus heureuses, elle n'a qu'à se débrouiller seule, tant bien que mal. Ces « mauvais quartiers » sont organisés, en Angleterre, partout à peu près de la même manière. [...] Examinons quelques-uns de ces mauvais quartiers. Il y a d'abord Londres et, à Londres, la célèbre « Nichée des Corbeaux » (Roockery), St Giles. [...]

Ce St Giles est situé au milieu de la partie la plus peuplée de la ville, entouré de rues larges et lumineuses, où s'affaire le beau monde londonien – tout près d'Oxford Street [1], de Trafalgar square [2] et du Strand [3]. C'est une masse de maisons à trois ou quatre étages, bâties sans plan, avec des rues étroites, tortueuses et sales où règne une animation aussi intense que dans les rues principales qui traversent la ville, à cela près que l'on ne voit, à St Giles, que des gens de la classe ouvrière. Le marché se tient dans les rues : des paniers de légumes et de fruits, naturellement tous de mauvaise qualité et à peine comestibles, réduisent encore le passage et il en émane, comme des boutiques de boucher, une odeur écœurante. Les maisons sont habitées de la cave aux combles, aussi sales à l'extérieur qu'à l'intérieur, et ont un aspect tel que personne n'éprouverait le désir d'y habiter. Mais cela n'est rien encore auprès des logements dans les cours et les venelles transversales où l'on accède par des passages couverts, et où la saleté et la vétusté dépassent l'imagination ; on ne voit

---

1. **Oxford Street** est une célèbre avenue du centre de Londres.
2. **Trafalgar Square** est une place très célèbre de Westminster à Londres. Le lieu est bien connu pour être un espace social et de liberté d'expression.
3. **The Strand** (en français : la rive) est une importante rue de Londres.

pour ainsi dire pas une seule vitre intacte, les murs sont lépreux, les chambranles des portes et les cadres des fenêtres sont brisés ou descellés, les portes – quand il y en a – faites de vieilles planches clouées ensemble ; ici, même dans ce quartier de voleurs, les portes sont inutiles parce qu'il n'y a rien à voler. Partout des tas de détritus et de cendres et les eaux usées déversées devant les portes finissent par former des plaques nauséabondes. C'est là qu'habitent les plus pauvres des pauvres, les travailleurs les plus mal payés, avec les voleurs, les escrocs et les victimes de la prostitution, tous pêle-mêle.

À Londres, 50 000 personnes se lèvent chaque matin sans savoir où elles poseront leur tête la nuit suivante. Les plus heureux d'entre eux sont ceux qui parviennent à disposer pour le soir d'un ou deux pence et vont dans ce qu'on appelle une « maison-dortoir » (Lodging house) qu'on trouve en grand nombre dans toutes les grandes villes et où on leur donne asile en échange de leur argent.

Friedrich Engels, *La Situation de la classe ouvrière en Angleterre en 1844*, trad. Françoise Choay dans *L'urbanisme, utopies et réalités. Une anthologie*, © Éditions du Seuil, 1965, p. 183-185.

S'approprier le texte

1. Montrez comment la misère sociale se reflète dans le logement urbain.

2. Peut-on séparer la question du logement de son contexte économique et politique ?

34. Germaine Tillion, *L'Afrique bascule vers l'avenir*

Germaine Tillion (1907-2008) est une résistante et ethnologue française. En 1934, la jeune femme, élève du sociologue Marcel Mauss, est envoyée par le musée d'ethnographie du Trocadéro, futur musée de l'Homme, au pays des Chaouia (Algérie), une tribu semi-nomade qu'elle suit dans ses déplacements saisonniers. En 1954, vingt ans après son dernier voyage, elle revient en mission en Algérie, alors une colonie française, pour enquêter sur le sort des populations civiles dans l'Aurès, théâtre des premiers affrontements de la guerre d'indépendance (1954-1962) qui s'annonce. Atterrée par la dégradation des conditions de vie, elle dénonce la « clochardisation du pays », thèse exposée dans « L'Algérie en 1957 », une brochure qui aura un grand retentissement. Au cabinet du nouveau gouverneur général Jacques Soustelle, elle est aussi à l'origine de la création de centres sociaux pour aider les plus démunis à trouver une place dans la société.

[Urbanisation et exclusion]

[En Algérie], les excédents annuels des naissances sur les décès n'étaient encore, en 1950, que : 220 000 ; en 1960, on prévoyait 310 000 ; en 1970 : 420 000 et en 1975 : 490 000. Et ainsi de suite…

Qui allait employer ces 490 000 excédents annuels que les terres nourrissaient très mal, ou pas du tout ?

Il était clair que la population *rurale* de 1955 devrait venir vivre en partie dans des villes et y trouver des emplois… Quelles villes ? Quels emplois ? Quels logements ? […]

Je connaissais mal la misère des villes et un de mes premiers soucis fut d'y faire mener des enquêtes éclairantes et directes […] :

– *Qui* étaient les gens qui vivaient dans un bidonville ?
– *D'où* venaient-ils ?

– *Quand* avaient-ils quitté leur ancien domicile ?

– *Comment* survivaient-ils dans leur domicile actuel ?

– *Combien* étaient-ils ?

– *Pourquoi* avaient-ils pris la décision de venir s'y installer ? […]

Si l'on était ignorant en haut lieu des étapes de la grande misère, dans le domaine strictement scolaire en revanche on était assez bien informé. […]

En 1955, il y eut 1 683 000 enfants algériens qui ne trouvèrent pas de place dans les écoles primaires de la République française, […] ce qui signifie que les familles de ces enfants-là (c'est-à-dire environ les deux tiers du pays algérien) n'avaient guère de chances de leur procurer un emploi plus tard. N'oublions pas en effet que, depuis que les vaccinations permettaient de survivre à tous les nouveau-nés, la population doublait approximativement à chaque génération et quant aux terres, telles qu'elles étaient entretenues, elles permettaient tout juste de vivre aux anciennes générations qui les exploitaient, – mais pas de multiplier par trois, par quatre, par dix, le nombre des ayants droit. Où vont aller, dès lors, ces millions de jeunes adultes que la terre ne nourrit plus ? Évidemment dans une ville, – et cela sans rien savoir des moyens d'y gagner leur vie et sans autre domicile que des bouts de tôle.

Pour sauver ces jeunes que la campagne allait rejeter, qu'elle rejetait déjà en masse, il fallait leur fournir le bagage de connaissances qui ouvre les grandes et les petites portes et il fallait aller plus vite que la démographie. Sinon on laissait dans les banlieues se créer des noyaux irrésorbables de « clochardisation ». […]

Pour éviter à l'Algérie de sombrer en partie dans la misère des bidonvilles, il fallait que son niveau de vie et sa scolarisation progressent vite. Pour cela il fallait agir simultanément dans les domaines de l'instruction, de l'emploi et aussi de la santé, registres que les États modernes séparent habituellement par commodité administrative. [...]

J'ai profité alors de l'occasion qui m'était offerte pour concevoir et structurer un organisme apte à réaliser ce programme de « défense et restauration des hommes » (si urgent sur toute la terre), c'est-à-dire tenant compte à la fois des besoins essentiels et des ressources accessibles. Par répugnance pour les sigles, ce service fut d'abord appelé « les Centres Sociaux », puis « les Centres Sociaux éducatifs » ce qui précisera alors une de ses ambitions.

Son ambition principale était *d'accroître les ressources* des familles algériennes, c'est-à-dire de mettre à leur disposition les informations nécessaires pour mieux gagner leur vie : des connaissances, des techniques, des adresses, et aussi des soins médicaux.

Germaine Tillion, *L'Afrique bascule vers l'avenir*, © Éditions Tirésias, Michel Reygnaud 1999, p 46-48 et p. 52.

S'approprier le texte

1. Montrez en quoi la qualité d'un logement assure le respect de la dignité humaine.
2. Quel lien peut-on établir entre exclusion sociale et modernisation ?

2. Les sans-toit

Isabelle Rey-Lefebvre (texte 35) montre que l'Europe est aujourd'hui confrontée à une augmentation du nombre de sans-abri. Les classes sociales les plus fragiles tendent à se paupériser. De nouvelles personnes deviennent SDF après leur expulsion pour cause de loyer impayé. Faute de logement, ils vivent dans des conditions d'hébergement précaires (cabane de jardin, tente, caravane). Sophie Djigo (texte 36) est partie étudier la « jungle » de Calais, où se regroupaient des migrants. Son démantèlement est symptomatique de notre déni :nous ne voulons pas voir les sans-abri, les sans-papiers. C'est leur invisibilité – voire leur non-existence – que nous recherchons. D'où la colère de Jacques Derrida (texte 37) lorsqu'il entend parler d'un « délit d'hospitalité », c'est-à-dire de la possibilité pour la justice de pouvoir condamner des gens ayant hébergé chez eux des réfugiés, des migrants ou des sans-papiers. Rien de plus universel pourtant que la vulnérabilité des exilés : Ovide (texte 38) évoquait déjà la douleur et la fragilité de ceux qui se retrouvent ainsi à la merci des événements extérieurs (dureté des conditions climatiques ; agressivité de la part des autres).

■ 35. Isabelle Rey-Lefebvre, « De plus en plus de sans-abri partout en Europe »

Isabelle Rey-Lefebvre est journaliste au *Monde*. Depuis septembre 2014, elle est responsable des rubriques « Logement » et « Pauvreté et Exclusion ». Dans cet article, elle s'appuie sur une étude de la Fondation Abbé-Pierre et de la Fédération européenne des associations nationales travaillant avec les sans-abri, pour attirer l'attention sur l'importance de la crise du logement que traverse actuellement l'Europe. Sur 220 millions de ménages, 11 millions n'ont pas de logement personnel. Les jeunes sont les premiers impactés.

[Une crise du logement]

Paris est loin d'être la seule capitale européenne à déplorer un nombre croissant de sans-abri. La préfecture d'Île-de-France, qui a créé le 16 mars son propre Observatoire francilien des personnes hébergées et à la rue, parvient au chiffre affolant de 100 000 personnes logées chaque soir par l'État, soit une augmentation de 50 % en trois ans.

La Fondation Abbé-Pierre (FAP) et la Fédération européenne des associations nationales travaillant avec les sans-abri (Feantsa, sise à Bruxelles) révèlent, mercredi 21 mars, leurs statistiques à l'échelle européenne : sur 220 millions de ménages, près de 11 millions sont en état de privation sévère de logement, c'est-à-dire qu'ils n'ont pas de domicile personnel, sont à la rue ou hébergés chez un tiers, en centre d'hébergement, en foyer, en hôtel social…

« *La définition du sans-abrisme a beau ne pas être la même d'un pays à l'autre, partout en Europe les hausses sont spectaculaires* », révèle Sarah Coupechoux, de la FAP : + 150 % en Allemagne, entre 2014 et 2016 ; + 145 % en Irlande, entre 2014 et 2017 ; + 169 % au Royaume-Uni entre 2010 et 2017 ; + 96 % à Bruxelles entre 2008 et 2016 ; + 20,5 % en Espagne entre 2014 et 2016 ; + 17 % en France entre 2016 et 2017, en tenant compte des 20 845 personnes qui ont demandé un hébergement au « 115 [1] » en juin 2017 par rapport à juin 2016.

Exception finlandaise

Parmi tous les pays européens, seule la Finlande fait exception et a réduit de 18 % le nombre de ses sans-domicile, entre 2009 et 2016. « *Les Finlandais ont mené une politique volontariste, réunissant tous les acteurs, se fixant des objectifs et mettant*

1. La plateforme téléphonique d'urgence sociale (**115**) est un des dispositifs du Samu social de Paris, destiné à répondre aux demandes d'hébergement d'urgence des personnes sans abri, mais aussi à assurer les orientations vers les autres dispositifs du Samu social.

des moyens avec un effort continu sur vingt ans en faveur d'une politique basée sur le principe du "logement d'abord"», précise Sarah Coupechoux. Cette action vise à prévenir les expulsions, à intervenir au plus vite lorsqu'une personne est privée de logement, à lui éviter les étapes de l'hébergement d'urgence et, parce que des logements ont été construits, à la reloger durablement.

Au Royaume-Uni, entre 2011 et 2017, le choix inverse d'une réduction des dépenses de prévention et du nombre de logements sociaux a conduit à une augmentation des dépenses d'hébergement temporaire, pour faire face à une hausse de 60 % du nombre des ménages hébergés, jusqu'à atteindre 77 240 en mars 2017, parmi lesquels 120 000 enfants.

Par ailleurs, la politique de réduction, en 2011, du montant des aides au logement accordées à chacun, de -156 euros par mois, n'a pas, comme escompté, entraîné une baisse des loyers mais fait bondir (+ 56 % en cinq ans) le nombre d'allocataires ! Le budget des aides au logement y atteint aujourd'hui le chiffre astronomique de 33 milliards d'euros, contre 18 milliards d'euros en France.

Explosion des prix

Le rapport observe aussi l'explosion du prix des logements partout en Europe, sans rapport avec les revenus des habitants, surtout les plus pauvres, les locataires étant les plus pénalisés. Entre 2010 et 2016, la hausse du coût du logement, que l'on soit propriétaire ou locataire, dépasse 20 % dans la moitié des États membres, dont + 54 % en Bulgarie, + 45 % au Royaume-Uni, + 40 % au Portugal et + 21,5 % en France. Seuls six pays, dont les Pays-Bas, Chypre et l'Espagne, voient leurs prix reculer.

Dans l'ensemble de l'Union européenne, 11 % des ménages mais 14 % des jeunes entre 18 et 24 ans fournissent un effort excessif pour se loger, c'est-à-dire y consacrent plus de 40 % de leurs revenus. Mais cette proportion atteint 46,9 % chez les jeunes de Grèce, 38,6 % chez ceux du Danemark, 19,9 % aux

Pays-Bas, 19 % au Royaume-Uni et 11,5 % en France. « *À l'heure où l'Europe renoue avec la croissance, nous appelons à ce qu'elle et les États investissent dans la prévention du mal-logement* », conclut Sarah Coupechoux.

Isabelle Rey-Lefebvre, « De plus en plus de sans-abri partout en Europe »,

S'approprier le texte

1. Peut-on dire qu'avec l'augmentation des prix des logements en Europe nous assistons à une paupérisation de sa population ?
2. Quel lien peut-on faire entre la difficulté de l'accès au logement et le sentiment de précarisation ?

36. Sophie Djigo, *Les Migrants de Calais*

Enseignante dans le Nord-Pas-de-Calais, Sophie Djigo se passionne pour la philosophie de terrain. Dans l'introduction de son ouvrage, *Les Migrants de Calais*, dont est extrait notre texte, elle questionne les mots employés pour qualifier les campements de migrants. Elle interroge tout d'abord celui de « jungle » et, pour le définir, distingue celle-ci des camps d'internement ou de concentration, tout comme d'un centre de rétention. De ce travail sur le sens des mots découle une définition de la maison : l'indispensable endroit où un être humain peut vivre sa vie dignement. Avoir un chez-soi dont on est assuré de ne pas être délogé, est une condition nécessaire au respect de l'humanité en chacun.

[Le campement comme maison]

Ces dix dernières années, le terme de « jungle » s'est imposé avec grand succès dans les médias du monde entier. Que signifie cette métaphore et jusqu'à quel point est-elle pertinente pour

LA MAISON, LIEU D'ISOLEMENT ?

Les murs d'une maison dressent une séparation concrète entre le monde extérieur, vaste et peuplé de milliards d'êtres vivants, et l'intérieur, où les habitants ne sont plus au contact que d'eux-mêmes. Cet isolement peut garantir le calme propice à la réflexion, mais il peut aussi procurer un sentiment de solitude, voire de mélancolie.

© Akg-images

Vilhelm Hammershøi, *Intérieur, Strandgade 30, Copenhague*, 1901, Hanovre (Allemagne), Niedersächsisches Landesmuseum.

Le peintre danois Vilhelm Hammershøi (1864-1916) est connu pour ses tableaux représentant des intérieurs dénudés, habités par des silhouettes de femmes vues de dos.

QUESTIONS :

1. *Observez les lignes et les couleurs. Quel est leur effet sur l'atmosphère du tableau ?*
2. *Commentez le point de vue adopté par le peintre. Quelle place est accordée à l'intérieur de l'appartement ? et à l'extérieur ?*
3. *À votre avis, pourquoi la femme regarde-t-elle par la fenêtre ? Quelles peuvent être les différentes fonctions d'une fenêtre dans une habitation ?*

LES MAISONS DE FAMILLE

Qu'elles soient transmises en héritage, partagées pour les vacances ou simplement terrains des jeux de l'enfance, les maisons de famille sont des lieux chargés de mémoire. Leur souvenir reste longtemps vivace et participe à la construction des individus qui les ont fréquentées.

Pierre Bonnard, *La Salle à manger, Vernonnet*, 1925, Copenhague (Danemark), Ny Carlsberg Glyptotek.
La technique du peintre français Pierre Bonnard (1867-1947) est inspirée du mouvement impressionniste. Bien qu'il travaille en atelier, ses touches de couleur retranscrivent ainsi les effets de la lumière naturelle.

QUESTIONS :

1. *Comment interprétez-vous la relation entre les deux personnages ?*
2. *En quoi peut-on dire que ce tableau représente un idéal domestique ? Cet idéal correspond-il au vôtre ?*

Photogramme du film *Festen*, réalisé par Thomas Vinterberg, 1998, Danemark, avec, au centre, Ulrich Thomsen (Christian).
Christian, le protagoniste de *Festen*, doit prononcer un discours en l'honneur des soixante ans de son père. Ce moment de fête devient pour lui l'occasion de révéler de terribles secrets de famille.

QUESTIONS :

1. *Quels indices les éléments de décor vous donnent-ils sur la famille de Christian ?*
2. *Connaissez-vous d'autres œuvres dans lesquelles une demeure familiale abrite de douloureux secrets ?*

DES HABITATS D'UNE GRANDE DIVERSITÉ

La disposition et la décoration de nos intérieurs témoignent à la fois de nos goûts, de nos traditions culturelles et de nos ressources financières. Né au Kenya (en 1973) et ayant grandi en Angleterre, le photographe James Mollison souligne ces différences à travers son ouvrage *Dans ma chambre* (2010), qui associe 56 portraits d'enfants du monde entier à des clichés pris dans leur chambre.

« Kaya, 4 ans, Tokyo, Japon », diptyque de James Mollison, *Dans ma chambre*, 2010.

© James Mollison

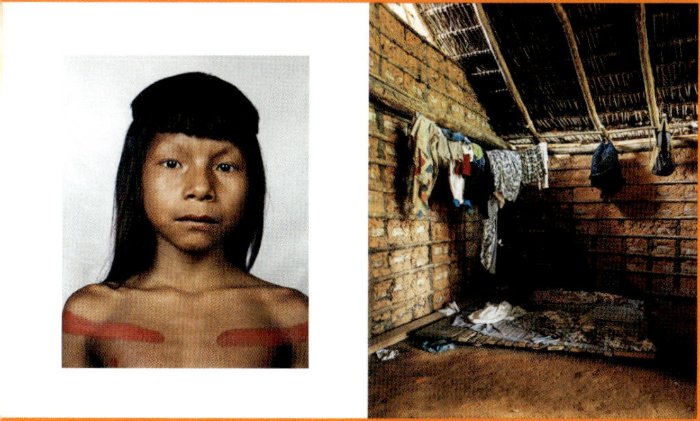

« Ahkôhxet, 8 ans, Amazonie, Brésil », diptyque de James Mollison, *Dans ma chambre*, 2010.

© James Mollison

QUESTIONS :

1. Analysez les différences entre les deux chambres photographiées. Repérez-vous aussi des éléments communs ?

2. Pensez-vous que les enfants sont influencés par les lieux dans lesquels ils grandissent ?

3. Pourquoi peut-on dire que la chambre est une pièce avec un statut particulier au sein de la maison ?

LES MAISONS ONT UNE HISTOIRE

Bâties sur des territoires chargés d'histoire, les maisons résistent au temps et survivent souvent à leurs occupants. Elles acquièrent alors des caractéristiques propres, qui les singularisent, et auxquelles leurs nouveaux habitants peuvent se montrer sensibles.

Affiche anglophone du film *Shining*, réalisé par Stanley Kubrick, 1980, États-Unis/Royaume-Uni, avec, de gauche à droite, Jack Nicholson (Jack) et Shelley Duval (Wendy).

Dans ce film d'horreur inspiré d'un roman de Stephen King (né en 1947), les membres d'une famille venue garder un hôtel désert sont assaillis de visions, liées au passé sombre de l'endroit, qui font basculer le père dans une folie meurtrière.

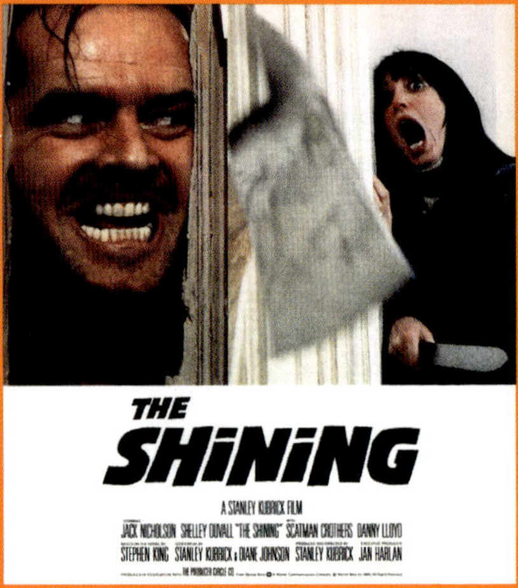

QUESTIONS :

1. ***Étudiez la composition de l'affiche. Quel est le rôle du pan de décor ?***
2. ***Quels lieux communs du genre horrifique retrouvez-vous sur cette image ?***

John T. Takai, *Maisons-racines*, illustration.

John T. Takai est un illustrateur américain contemporain, qui compose des images numériques sur des sujets du quotidien.

QUESTION :

En quoi les maisons enracinent-elles leurs habitants ? Selon vous, ce phénomène est-il positif ou négatif ?

INTRUSIONS ET INÉGALITÉS

es maisons ne sont pas des forteresses imprenables: des indésirables peuvent y énétrer. Ces intrusions s'expliquent dans certains cas par l'appât du gain, quand il 'agit de cambriolages par exemple, mais elles sont parfois aussi la conséquence de a pénurie de logements: ainsi lorsque des sans-abri squattent des appartements ides.

imageBROKER/Jochen Tack /Andia.fr

Jochen Tack, *Cambriolage*, photographie, 2011.

Le photographe Jochen Tack (né en 1962) a composé en 2011 une série de clichés mettant en scène le cambriolage de domiciles privés.

QUESTION :

Pour quelles raisons le cambriolage constitue-t-il une violation de l'intimité ?

© Neon / Everett Collection / Aurimages

Photogramme du film *Parasite*, réalisé par Bong Joon-ho, 2019, Corée du Sud, avec, de gauche à droite, Park So-dam (Ki-jung) et Choi Woo-sik (Ki-woo).

Parasite raconte l'intrusion progressive, dans la maison luxueuse de la riche famille Park, des quatre membres de la famille Kim, beaucoup plus pauvre, à l'initiative des deux enfants, Ki-jung et Ki-woo.

UESTIONS :

. Quels éléments du décor suggèrent l'extrême dénuement dans lequel vivent Ki-jung et Ki-woo ?

. Faites une recherche sur les solutions existantes pour répondre au mal-logement en France (aides gouvernementales et initiatives associatives). Quels nouveaux remèdes pourriez-vous proposer ?

INVENTER DE NOUVEAUX HABITATS

Quelles conséquences l'augmentation de la population aura-t-elle sur les maisons d demain ? C'est à cette question que le plasticien autrichien Erwin Wurm (né en 1954 invite à réfléchir avec sa *Narrow House*, exposée dans divers endroits du mond depuis 2010. Cette maison déformée, dont le style évoque la maison des parents d l'artiste, questionne le devenir de nos traditions architecturales.

Erwin Wurm, *Narrow House [Maison étroite]*, 2010, photographiée lors de son exposition en 2019 à Marseille, chapelle du Centre de la Vieille Charité.

QUESTIONS :

1. Observez l'environnement dans lequel la maison est placée. Quel est l'effet produit

2. Faites une recherche sur les différents lieux d'exposition de cette maison. Créent-ils toujours le même contraste ?

3. Selon vous, quelles conséquences le réchauffement climatique et l'augmentation de la population auront-ils sur notre habitat ?

L'UTOPIE MODERNE DE LE CORBUSIER

Né en Suisse et naturalisé français, l'architecte Le Corbusier (pseudonyme de Charles-Édouard Jeanneret-Gris, 1887-1965) est l'un des principaux représentants du mouvement moderne, qui cherche à répondre à l'industrialisation et à l'urbanisation de la société en repensant l'habitat collectif. Dans une démarche empreinte d'une dimension utopique, Le Corbusier conçoit des bâtiments qui réunissent tous les équipements nécessaires à l'épanouissement des individus : appartements, mais aussi crèche, piscine, bar…

Le Corbusier, intérieur du Cabanon, 1951, Roquebrune-Cap-Martin.

Le Corbusier, Pavillon suisse de la Cité internationale universitaire, 1933, Paris.

QUESTIONS :

1. Quelles caractéristiques du style architectural de Le Corbusier identifiez-vous à partir de ces deux réalisations ? Quels peuvent en être les mérites et les défauts ?

2. Selon vous, l'architecte a-t-il un rôle social à jouer ?

LE TRAVAIL DOMESTIQUE

L'entretien d'une maison implique de nombreuses tâches ménagères. Très déconsidérées, ces activités étaient traditionnellement exécutées par des femmes : la reconnaissance du travail domestique comme un travail à part entière est le résultat des luttes féministes menées au XXe siècle. Aujourd'hui encore, des inégalités persistent au sein des foyers, et les femmes accomplissent plus de tâches ménagères que les hommes.

Félix Vallotton, *Femme fouillant dans un placard*, 1901, collection particulière.
Sensible aux luttes sociales et parfois critique dans sa représentation de la bourgeoisie, le peintre et graveur franco-suisse Félix Vallotton (1865-1925) représente ici une scène relevant de l'intimité quotidienne – une femme fouillant dans un placard à linge – mais teintée en même temps de mystère.

QUESTIONS :

1. *Commentez la composition du tableau et le travail accompli par le peintre sur la lumière.*
2. *Selon vous, pourquoi l'artiste a-t-il voulu représenter cette scène ?*
3. *Faites une recherche sur les statistiques relatives aux inégalités dans la répartition des tâches ménagères en France. À votre avis, comment pourrait-on faire progresser l'égalité dans ce domaine ?*

décrire la condition des migrants dans le Nord de la France ? Depuis la fermeture du centre d'hébergement et d'accueil d'urgence humanitaire de la Croix-Rouge à Sangatte[1] en 2002, de multiples campements ont essaimé dans le Calaisis[2], aux abords des points de passage des côtes françaises vers l'Angleterre et des aires d'autoroutes des camions qui s'y rendent. Alors que Sangatte fournissait depuis 1999 un hébergement provisoire, les migrants se retrouvent désormais par milliers dans ces lieux innommables. Car le terme d'« hébergement », fût-il d'urgence, implique un accueil, un logement. Or, c'est justement de l'absence délibérée d'une politique d'accueil que ces « jungles » sont le symptôme. [...]

[C]omment vivre privé de son chez-soi ? que signifie « habiter » un lieu ? et un lieu comme le campement ? quelle est la signification du « chez-soi » et de ses conditions d'institution ? quel rapport entretient le national avec l'étranger et quelles en sont les conséquences politiques ? Au-delà, quelle politique d'accueil serait possible et comment prendre en compte les intérêts des personnes sans-voix ?

Une première perplexité vient du terme choisi pour désigner ces lieux : les « jungles ». Le succès de ce terme doit sans doute beaucoup à la difficulté de les nommer. À quoi avons-nous

---

1. Le Centre d'hébergement et d'accueil d'urgence humanitaire (CHAUH) de Sangatte, plus communément appelé Centre de Sangatte, est un lieu d'accueil temporaire de réfugiés situé sur la commune de Sangatte dans le département du Pas-de-Calais. Le Centre voit le jour en septembre 1999 à l'initiative du gouvernement français afin de faire face à l'afflux de migrants du Kosovo, alors en guerre, qui souhaitaient immigrer en Grande-Bretagne. Le 5 novembre 2002, la fermeture du centre est ordonnée par Nicolas Sarkozy, alors ministre de l'Intérieur, et il est finalement détruit en décembre 2002. Entre 65 et 70 000 personnes auraient transité par le Centre entre 1999 et 2002.

2. Le Calaisis : nom utilisé aujourd'hui pour désigner la ville de Calais et ses environs.

affaire ? À des camps, des ghettos [1], des campements ? À bien y regarder, il ne s'agit pas de camps au sens des dispositifs d'internement ou concentrationnaires. En effet, la différence majeure est que ces lieux ne sont pas administrés ni, pour la plupart d'entre eux, fermés. Il ne s'agit pas non plus, à l'exception du camp de la Linière ouvert à Grande-Synthe en mars 2016, de camps de réfugiés comme il en existe à travers le monde, conformes à des normes d'accueil internationales définies par le Haut Commissariat aux réfugiés (HCR) [2]. [...] Dans le cas présent, à rebours de toute dramatisation, le terme le plus juste serait celui de « campements » [...].

Les campements de la région Nord-Pas-de-Calais (entre-temps rebaptisée « Hauts-de-France ») ne sont pas des lieux de rétention officiels – comme les centres de rétention administrative [3], à l'exemple de celui de Coquelles, lieux de privation de liberté gérés par l'administration et sous contrôle policier. Ce sont des campements « spontanés » créés par les migrants eux-mêmes dans des zones discrètes et proches des points de passage aux frontières. Les « jungles » du Calaisis sont avant tout des lieux où les migrants peuvent espérer vivre relativement tranquille, le temps de leur transit, et organiser leur tentative pour passer de l'autre côté. La grande visibilité de la « jungle » dans son état actuel, lieu

---

1. **Ghetto** : ce terme est employé depuis le début du XXe siècle pour parler d'un quartier dans lequel se concentre une minorité ethnique, culturelle ou religieuse.
2. **HCR** : le Haut Commissariat des Nations unies pour les réfugiés, basé à Genève, est un programme de l'Organisation des Nations unies. Il a pour but originel de protéger les réfugiés, de trouver une « solution durable » à leurs problèmes et de veiller à l'application de la Convention de Genève sur les réfugiés de 1951.
3. En France, les **centres de rétention administrative** (CRA) sont utilisés pour retenir les étrangers auxquels l'administration ne reconnaît pas le droit de séjourner sur le territoire français et qui a décidé de procéder à leur éloignement forcé.

« choisi » par la municipalité de Calais en 2015, lieu de concentration et de mise à l'écart du centre-ville, nous fait oublier la nécessité première de l'abri : se cacher et être en sécurité. Les « fondateurs » de la « jungle » se cachaient dans les interstices de la ville : des squats et habitations désaffectés, dont ils étaient sans cesse délogés, ou dans le bois, afin d'échapper à la surveillance et aux regards inhospitaliers.

Mais comme le note l'anthropologue Michel Agier au sujet de ce type de refuges, il reste très difficile d'échapper au quadrillage de la surveillance policière : « S'ils représentent en leur principe la forme même du refuge, l'abri qu'on crée dans un environnement hostile et sans politique d'asile, l'abri auto-établi à défaut d'hospitalité, ils restent sous surveillance. » La « jungle » est donc passée de l'abri caché au campement surveillé, et elle est certainement en voie [...] de ghettoïsation. »

Sophie Djigo, *Les Migrants de Calais. Enquête sur la vie en transit*, © Agone, coll. « Contre-feux », Marseille, 2016, p. 8-13.

S'approprier le texte

1. Ceux qui habitent dans un camp ont-ils un chez-soi ?

2. Pourquoi peut-on dire que la « jungle » n'honore pas le droit à l'hospitalité ?

37. Jacques Derrida, « Quand j'ai entendu l'expression "délit d'hospitalité"... »

Objet de son séminaire pendant les années 1995-1997, l'hospitalité est l'un des grands thèmes de recherche de Jacques Derrida (1930-2004), emblématique de son œuvre. Le 21 décembre 1996, alors que le théâtre des Amandiers de Nanterre accueillait une soirée de

solidarité avec les sans-papiers, le philosophe improvisait l'intervention ci-dessous, qu'il accepta, ensuite, de transcrire pour la revue du Groupe d'information et de soutien des immigrés, *Plein droit* (n° 34) sous le titre : « Quand j'ai entendu l'expression "délit d'hospitalité"... »

[Un repli sur soi]

L'an dernier [en 1995], je me rappelle un mauvais jour : j'avais eu comme le souffle coupé, un haut-le-cœur en vérité, quand j'ai entendu pour la première fois, la comprenant à peine, l'expression – « délit d'hospitalité ». En fait, je ne suis pas sûr de l'avoir entendue, car je me demande si quelqu'un a jamais pu la prononcer et la prendre dans sa bouche, cette expression venimeuse, non, je ne l'ai pas entendue, et je peux à peine la répéter, je l'ai lue sans voix, dans un texte officiel.

Il s'agissait d'une loi permettant de poursuivre, voire d'emprisonner, ceux qui hébergent et aident des étrangers en situation jugée illégale. Ce « délit d'hospitalité » (je me demande encore qui a pu oser associer ces mots) est passible d'emprisonnement. Que devient un pays, on se le demande, que devient une culture, que devient une langue quand on peut y parler de « délit d'hospitalité », quand l'hospitalité peut devenir, aux yeux de la loi et de ses représentants, un crime ?

[...] Les frontières ne sont plus des lieux de passage, ce sont des lieux d'interdiction, des seuils qu'on regrette d'avoir ouverts, des limites vers lesquelles on se presse de reconduire, des figures menaçantes de l'ostracisme, de l'expulsion, du bannissement, de la persécution.

Nous habitons désormais des abris sous haute surveillance, des quartiers de haute sécurité – et, sans oublier la légitimité de tel ou tel instinct de protection ou besoin de sécurité (énorme problème que nous ne devons pas prendre à la légère, bien sûr), nous sommes de plus en plus nombreux à étouffer et à avoir honte d'habiter ainsi, de devenir les otages des phobiques qui mélangent tout, exploitent cyniquement la confusion à des fins politiques, ne savent plus ou ne veulent plus distinguer entre la délimitation d'un chez-soi et la haine ou la peur de l'étranger et ne savent plus que le chez-soi d'une maison, d'une culture, d'une société suppose aussi l'ouverture hospitalière. […]

Et n'oublions jamais que, si les premières victimes de cette stratégie de faillite sont nos amis, nos hôtes, les émigrés et les sans-papiers, ce qui est mis en place par le gouvernement est un système policier d'inquisition, de fichage, de quadrillage (sur les territoires français et européen). Cette machine menace toutes les libertés, les libertés de tous, celles des sans-papiers et celles des non-sans-papiers.

Jacques Derrida, « Quand j'ai entendu l'expression "délit d'hospitalité"… »,

S'approprier le texte

1. Montrez en quoi l'expression « délit d'hospitalité » est en soi contradictoire.

2. Peut-on habiter une maison comme on habite un pays ?

---

38. Ovide, *Les Tristes*

Les Tristes sont un recueil de lettres composé par le poète latin Ovide (43 av. J.-C.-vers 17 ou 18 ap. J.-C.) entre le IXe et le XIIe siècle, pendant son exil à Tomis, dans l'actuelle Roumanie. Dans cet extrait, il décrit le jour de son départ et le déchirement que fut pour lui, et pour sa femme, son exil loin de sa patrie. La douleur du déracinement montre toute l'importance que revêt pour un individu le fait d'avoir un chez-soi.

[La douleur de l'exil]

Quand m'apparaît le lugubre tableau de cette nuit qui fut l'agonie de ma vie à Rome, quand je songe à cette nuit où je quittai tant d'objets si chers, maintenant encore des larmes s'échappent de mes yeux.

Déjà approchait le jour où je devais, d'après l'ordre de César, franchir les frontières de l'Ausonie : je n'avais ni le temps ni la liberté d'esprit suffisante pour faire mes préparatifs ; mon âme était restée engourdie dans une longue inaction ; je ne m'étais occupé ni du choix des esclaves qui devaient m'accompagner ni des vêtements et des autres nécessités de l'exil. Je n'étais pas moins étourdi de ce coup qu'un homme foudroyé par Jupiter, qui existe encore, mais sans avoir encore recouvré le sentiment de l'existence. […]

De quelque côté qu'on tournât les yeux, on ne voyait que des gens éplorés et sanglotants ; on eût dit des funérailles, de celles où la douleur n'est pas muette ; hommes, femmes, enfants même pleuraient comme si j'étais mort, et, dans toute la maison, il n'était pas une place qui ne fût arrosée de larmes […].

Déjà la nuit se précipite et ne permet plus de retard : déjà l'Ourse de Parrhasie a détourné son char. Que faire ? J'étais retenu par le doux amour de la patrie ; mais cette nuit était la dernière qui précédât mon exil. Ah ! que de fois, en voyant l'empressement de mes compagnons, ne leur ai-je pas dit : « Pourquoi vous hâter ? Songez donc aux lieux d'où vous partez, à ceux où vous allez si vite ! Que de fois ai-je feint d'avoir fixé d'avance, comme plus favorable, une heure à ce fatal départ ! Trois fois je touchai le seuil, et trois fois je reculai. Mes pieds, par leur lenteur, semblaient d'accord avec mon âme. Souvent, après un adieu, je parlai beaucoup encore ; souvent je donnai les derniers baisers, comme si je m'éloignais enfin ; souvent je réitérai les mêmes ordres et je m'abusai moi-même, reportant mes regards sur les objets de ma tendresse. Enfin. Pourquoi me presser ? C'est en Scythie qu'on m'envoie, m'écriai-je, et c'est Rome que je quitte, double excuse de ma lenteur ! Vivant, je perds à jamais mon épouse vivante, ma famille, ma maison et les membres fidèles qui la composent ; et vous que j'aimai comme des frères, vous dont le cœur eut pour moi la fidélité de Thésée, que je vous embrasse quand je le puis encore, car peut-être ne le pourrai-je plus jamais ! L'heure qui me reste est une heure de grâce ; plus de retard ! » Mes paroles restent inachevées, et j'embrasse ceux qui m'approchent de plus près.

Tandis que je parle et que nous pleurons, l'étoile importune du matin brille sur l'horizon ; Lucifer se lève. Soudain je me sens déchiré comme si l'on m'arrachait quelque membre ou comme si une partie de mon corps était séparée de l'autre. [...] Ce n'est plus alors chez les miens qu'une explosion de cris et de gémissements : chacun se meurtrit le sein d'une main désespérée, et ma femme, suspendue à mon cou, mêla à ses sanglots ces tristes paroles : « Non, tu ne peux m'être ravi : nous partirons ensemble ; je suivrai tes pas ; femme d'un exilé, je le serai moi-même, le chemin m'est aussi ouvert ; ma place est près de toi, à l'extrémité du monde. Je n'ajouterai pas beaucoup à la charge du vaisseau. La colère de César te force à quitter ta patrie ; moi, c'est la piété conjugale ; ses lois seront pour moi plus puissantes que les ordres de César. » Tels étaient ses efforts, efforts déjà tentés auparavant. À peine céda-t-elle aux importants motifs de notre intérêt commun.

Je sors (ou plutôt il semblait, moins le cérémonial, qu'on me portât au tombeau) tout en désordre, les cheveux épars et le visage hérissé de barbe. Pour elle, anéantie par la douleur, elle sentit sa vue s'obscurcir et tomba, comme je l'ai su depuis, à demi-morte, sur le carreau.

Ovide, *Les Tristes*, III, trad. M. Nisard, disponible en ligne.

S'approprier le texte

1. Montrez en quoi le fait d'être privé de chez-soi s'apparente, pour l'auteur, a une mort symbolique.

2. Peut-on vivre loin de chez soi, sans espoir de retour ?

Zoom sur : Human Flow d'Ai Weiwei

Aujourd'hui, plus de 65 millions de personnes ne vivent pas « chez elles », mais ont été contraintes de quitter leur pays pour fuir la famine, les bouleversements climatiques et la guerre : il s'agit du plus important flux migratoire depuis la Seconde Guerre mondiale. Réalisé par l'artiste chinois de renommée internationale Ai Weiwei, *Human flow* (2017) aborde l'ampleur catastrophique de la crise des migrants et ses terribles répercussions humanitaires. Tourné sur une année, dans 23 pays, le documentaire s'attache à plusieurs trajectoires d'hommes et de femmes en souffrance partout dans le monde – de l'Afghanistan au Bangladesh, de la France à la Grèce, de l'Allemagne à l'Irak, d'Israël à l'Italie, du Kenya au Mexique et à la Turquie. *Human Flow* recueille les témoignages des migrants qui racontent leur quête désespérée de justice et de sécurité. Ils nous parlent des camps de réfugiés surpeuplés, de leurs périples en mer à très haut risque, des frontières hérissées de barbelés, de leur sentiment de détresse et de désenchantement, mais aussi de leur courage, de leur résilience[1] et de leur volonté d'intégration. Ils évoquent la vie qu'ils ont dû abandonner et l'incertitude de leur avenir.

Le documentariste a pris grand soin de rendre hommage aux réfugiés, de laisser leurs points de vue prendre le dessus, même dans le plus grand silence. Il a été difficile d'aller dans certains camps, que les autorités locales estimaient dangereux, mais, pour Ai Weiwei, c'était indispensable afin de montrer les véritables conditions d'insécurité dans lesquelles vivent un grand nombre de réfugiés.

---

1. **Résilience** : capacité à surmonter les chocs traumatiques et à vivre de manière satisfaisante en dépit de ces derniers.

3. Avoir un toit assure le respect de la dignité humaine

Ne pas avoir de toit ou être mal logé porte donc un préjudice certain. Avoir une maison à soi ne relève donc pas du luxe. Parce que nous sommes des êtres vulnérables, nous avons besoin de vivre dans un lieu qui nous protège, nous sécurise et assure le respect de notre intimité. L'article paru dans *À Paris centre* (texte 39) montre comment les centres d'accueil mettent en place un certain nombre d'innovations pour permettre à chacun de voir son intimité préservée malgré les conditions collectives des hébergements proposés. Cécile Bouanchaud (texte 40) s'intéresse, quant à elle, à l'initiative mise en place par la ville de Grenoble pour permettre aux SDF de bénéficier de logements inoccupés. Se réinsérer dans la vie sociale ne peut se faire que grâce aux murs d'une maison salubre et solide. Ce n'est qu'à ce prix que chaque individu peut avoir le sentiment de voir sa dignité respectée.

■ 39. *À Paris centre*

Dans le cadre du plan d'urgence hivernal, la ville de Paris renforce ses capacités d'hébergement en ouvrant des équipements municipaux supplémentaires pour mettre à l'abri les personnes sans domicile fixe. Ce dispositif permet une réactivité en cas d'urgence sociale par la mise à l'abri immédiate de personnes très vulnérables, repérées par les maraudes[1] par exemple. Il donne aussi lieu à des innovations étonnantes, comme ce toit modulable par lequel les occupants des dortoirs retrouvent un semblant d'intimité.

1. **Maraudes** : parcours accomplis dans les rues par le personnel humanitaire pour repérer les personnes qui auraient besoin d'aide.

[Un toit modulaire]

Pendant le plan « Grand Froid », des dispositifs d'accueil améliorés et des idées nouvelles.

Du 9 au 26 février 2021, le plan « *Grand Froid* » a été activé à Paris. Les équipes et les élus de Paris Centre se sont mobilisés, aux côtés des associations, pour multiplier les places d'hébergement d'urgence au profit des personnes sans abri. Dans les locaux de l'ancienne mairie du IVe, Emmaüs Solidarité a proposé 30 places pour les hommes isolés. Depuis de longs mois, un grand travail a été fait pour améliorer sans cesse les conditions d'accueil des plus démunis en hiver. Dans un premier temps, des travaux ont été effectués dans la salle Jean-Mouly de l'ancienne mairie du IVe qui devient, la nuit, un centre d'hébergement. Pourtant, l'intimité n'était pas toujours optimale. En coopération avec Ariel Weil, Maire de Paris Centre, Emmaüs Solidarité a lancé un concours auprès de l'agence *Centdegrés,* qui a conçu une sorte de toit modulaire, qui permet aux personnes de s'isoler, de retrouver leur intimité, de se sentir plus en sécurité. Le prototype de ces petites maisonnettes extensibles en fonction de la composition de la famille a été financé par la mairie de Paris, et présenté au mois d'août dernier à Emmanuelle Wargon, ministre du Logement, en présence de Léa Filoche, adjointe à la maire de Paris en charge des solidarités. L'ancienne mairie du IVe, devenue lieu d'expérimentation, abrite les 4 premières maisonnettes depuis le 19 février. D'après Bruno Morel, directeur général d'Emmaüs Solidarité, « les gens sont très très contents, cela leur offre du confort, et leur permet de dormir autrement que sous le regard d'autres personnes. Cela leur redonne de la dignité. »

À Paris Centre. Le journal de secteur de Paris Centre,
publication dirigée par Ariel Weil,
© Mairie de Paris Centre, n° 1, printemps 2021.

S'approprier le texte

1. En quoi est-il nécessaire que l'intimité d'un humain soit protégée pour que celui-ci se sente respecté ?

2. Peut-on se sentir chez soi sous un toit modulaire ou une tente ?

3. En quoi le cas des SDF est-il différent de celui des nomades, dont l'habitat traditionnel n'est pas bâti en dur ?

---

40. Cécile Bouanchaud, « Logements vides pour SDF »

Cécile Bouanchaud, journaliste au *Monde*, signe un article qui souligne l'importance primordiale que revêt pour un individu le fait d'avoir un « chez-soi ». Elle relate ici l'initiative de la ville de Grenoble, qui a signé deux conventions permettant à des SDF de s'installer dans des logements inoccupés de la municipalité, « le temps de se relancer ». De leurs années d'errance, ces derniers évoquent une vie « en sursis », faite d'instabilité et d'insécurité. En retrouvant une maison, ils ont pu restaurer leur respect et leur estime d'eux-mêmes.

[« La fin de la galère »]

À 18 ans, comme tous les jeunes adultes de son âge, Bobby pensait que son envie d'émancipation pourrait prendre toute son ampleur. Le jour de son anniversaire, il a quitté le domicile familial, son duvet sous le bras. Ou plutôt, sa mère, « qui avait fait trop de gamins », l'a mis dehors, « comme les autres ». On dit que l'école de la rue fait grandir. On dit des tas de choses dont la banalité vient travestir la réalité. À 18 ans, quand Bobby et Plume, deux amis de longue date, se sont « retrouvés à la rue », ils ont « arrêté de grandir ».

En décembre 2017, après plusieurs années passées entre les squats, les centres d'hébergements d'urgence, les parkings humides et les trottoirs glacés, les deux hommes ont pu reprendre le fil de leur vie d'adulte en emménageant dans une maison inhabitée, mise à disposition par la ville de Grenoble.

Cette installation est le fruit de mois de discussions amorcées avec la municipalité au printemps 2016, quand les deux jeunes hommes de 24 ans et 26 ans, appuyés par des associations d'aide aux sans-abri, sont venus frapper à la porte de la mairie pour leur proposer leur projet : trouver un logement dans l'optique d'une réinsertion sociale. Une envie d'abord personnelle, qu'ils ont souhaité faire profiter à d'autres en lançant l'association Tremplin, qui vise à ouvrir la porte de leur maison à des personnes dans la même situation.

En novembre, la municipalité de Grenoble a signé deux conventions de « mise à disposition de locaux », l'une avec l'association Tremplin, l'autre avec celle des Passeurs, qui visent toutes les deux à donner un toit à des personnes sans domicile fixe (SDF) pour les aider à « se relancer ». « Il se trouvait que la ville avait deux maisons, qu'elle avait préemptées en 2014 dans le cadre d'un projet urbain au long terme, qui prévoit la démolition de celles-ci, en vue de construire des immeubles à la place », fait savoir Alain Denoyelle, adjoint au maire chargé de l'action sociale, qui précise que les conventions, d'une durée d'un an, sont renouvelables deux fois sur décision de la municipalité.

Dix-huit mois après les premiers rendez-vous avec la municipalité, Bobby et Plume ont emménagé au numéro 16 de la rue Argouges, redonnant vie à la « maison fantôme », comme l'appelaient les riverains. Avec son crépi grisâtre tirant sur le marron, ses murs craquelés et son jardin à l'abandon, la maison de trois chambres ferait fuir le moindre promoteur immobilier. Pour ses nouveaux habitants, elle incarne « la fin de la galère ».

Si Bobby et Plume ne payent pas de loyer, ils se sont engagés à régler les factures d'eau, d'électricité et de chauffage […] « Cette stabilité et ces responsabilités, comme celle de tenir un lieu, sont nécessaires pour se relancer dans la vraie vie », estime Plume. […] « *Cela pourrait prendre l'après-midi* » de décrire ses premiers « *bonheurs* » en emménageant dans la maison ; le jeune homme évoque seulement « *le plaisir de se faire à manger* » et « *le goût du silence* ». D'une même voix, ils décrivent « *le regard des gens* » qui a changé, leur redonnant la confiance qu'ils n'avaient plus.

Cécile Bouanchaud, « Logements vides pour SDF : "J'ai retrouvé ce que ça voulait dire "avoir une intimité" », © *Le Monde*, 15 mars 2018.

S'approprier le texte

1. En quoi le fait d'avoir un chez-soi permet-il à un individu de grandir ?

2. En quoi le drame des sans-abri est-il celui d'une absence de reconnaissance ?

Prolongements

Pour aller plus loin, j'écoute la conférence « De la précarité à l'auto-exclusion », de Jean Furtos (2009).

Lors de cette conférence, Jean Furtos nous montre comment tout sujet, plongé dans un environnement excluant, est susceptible, pour se protéger de cette souffrance, de développer un syndrome d'auto-exclusion. Cela serait une sorte de grève de la subjectivité avec soi-même et avec autrui, qui arrête le mouvement du temps dans une forme de disparition du sujet.

J'écoute Gaspard Lion en podcast, et je peux étudier, sur le site de France Culture, les photographies qu'il livre sur l'habitat précaire (2019).

Gaspard Lion nous parle de ceux qui ont élu domicile dans une tente, une cabane, une caravane ou encore un mobile home. Ces habitants pas comme les autres vivent parfois depuis des années dans ces lieux où ils cherchent à préserver leur dignité, se réappropriant leurs conditions d'existence malgré les contraintes matérielles et les menaces d'expulsion.

Je parcours *Refuge. Dans l'intimité de l'exil*, de Bruno Fert (2019).

Depuis 2016, Bruno Fert parcourt les camps de réfugiés de Grèce, d'Italie et de France pour y photographier l'habitat provisoire – abris de fortune, chambres, appartements – où ceux qui ont fui leur pays recréent une intimité, une attache, une identité. Un travail documentaire exceptionnel, témoignage de ce moment charnière de l'exil, où la reconstruction de soi passe par l'appropriation de son propre intérieur.

Je regarde le film *Welcome*, de Philippe Lioret (2009).

Philippe Lioret souhaitait réaliser un film sur les immigrés qui espèrent entrer au Royaume-Uni mais qui restent bloqués à Calais.

Pour écrire le scénario, il est allé à la rencontre des associations et des réfugiés du Calaisis.

Je regarde le documentaire *Malakoff-Mantoue*, de Sarah Klingemann (Production Les hommes-maison, 2009).

Diverses personnes confrontées à trois lieux « inhabitables » – une cabane abandonnée à Malakoff, l'église Sant'Andrea de Mantoue, et le wagon d'un train SNCF – posent la question de l'habiter.

IV. Mieux bâtir pour mieux habiter

Le mal-logement nous contraint à prendre en compte l'importance que l'architecture revêt pour la question sociale. En tant qu'art majeur dans la classification des beaux-arts, l'architecture se donne pour tâche d'embellir les villes par la beauté des édifices publics qu'elle est capable de produire. Mais la nécessité de fournir à tous les citoyens des logements salubres réoriente sa destination vers la prise en charge de l'habitat, tant individuel que collectif. La crise du logement que nous rencontrons aujourd'hui exige que soit construit rapidement un très grand nombre d'habitations. Cependant, la dégradation des barres HLM, qui ont été construites en périphéries des grandes villes dans les années 1960-1970, rappelle qu'il ne s'agit pas seulement de construire vite : les architectes contemporains doivent penser la viabilité à long terme des projets qu'ils présentent aux municipalités. La conception architecturale doit prendre en considération des aspects tant sociaux qu'environnementaux. Ce n'est qu'à cette condition que pourra être amélioré l'habitat de l'ensemble de la population.

■ **Coupe transversale de la partie centrale du familistère de Guise dans l'Aisne (la cour de l'aile gauche), 1899.**

L'industriel Jean-Baptiste André Godin construit le familistère pour loger ses ouvriers et leurs familles entre 1859 et 1884. Lieu de vie communautaire, il accueillait également des magasins qui permettaient une vie relativement autonome.

1. La maison idéale

Dans quelle maison voulons-nous vivre ? Thomas More (texte 41) décrit, dans son ouvrage *L'Utopie*, ce qu'il considère comme la maison idéale. Bien qu'individuelle, celle-ci ne relève pas du régime de la propriété privée. Chaque famille doit ainsi déménager tous les dix ans, ce qui assure qu'aucune ne peut se prévaloir de vivre dans une maison qui serait mieux située qu'une autre. Cette égalité, recherchée par More, se retrouve aussi dans l'aménagement de l'intérieur : toutes les habitations sont construites sur le même modèle d'ouverture, qui assure une parfaite aération. Un jardin privatif permet aussi de disposer d'un extérieur où vivre son intimité. L'harmonie et le confort règnent. La chambre bulle (texte 42) montre que notre époque est toujours aussi intéressée par cette recherche de continuité entre intérieur et extérieur, et qu'elle met en place des innovations architecturales afin de répondre à notre désir d'osmose avec la nature. Mais est-ce notre logement qui détermine notre mode de vie ou, au contraire, nos modes d'existence qui dessinent nos intérieurs ? Michelle Perrot (texte 43) signale dans son texte que les chambres tendent à disparaître de nos maisons. Le manque d'espace disponible ainsi que la disparition plus ou moins généralisée du modèle familial de type patriarcal, entraînent une restructuration qui privilégie les pièces collectives.

41. Thomas More, *L'Utopie*

Dans cet extrait de *L'Utopie* (1516), Thomas More (1478-1535) nous présente l'île d'Utopie et la société modèle qui l'abrite. Cette société ne surgit pas du néant : d'une part, elle est indissociable de la critique radicale, sans concession, d'une société existante, en l'occurrence celle de l'Angleterre ; d'autre part, le fonctionnement de ses institutions est conditionné par la mise en place d'un système architectural précis. La maison acquiert ainsi une fonction au service du bien-être de tous et de l'égalité entre les citoyens.

[La maison idéale]

Qui connaît cette ville les connaît toutes, car toutes sont exactement semblables, autant que la nature du lieu le permet. Je pourrais donc vous décrire indifféremment la première venue ; mais je choisirai de préférence la ville d'Amaurote, parce qu'elle est le siège du gouvernement et du sénat, ce qui lui donne la prééminence sur toutes les autres. […]

Les rues et les places sont convenablement disposées, soit pour le transport, soit pour abriter contre le vent. Les édifices sont bâtis confortablement ; ils brillent d'élégance et de propreté, et forment deux rangs continus, suivant toute la longueur des rues, dont la largeur est de vingt pieds.

Derrière et entre les maisons se trouvent de vastes jardins. Chaque maison a une porte sur la rue et une porte sur le jardin. Ces deux portes s'ouvrent aisément d'un léger coup de main, et laissent entrer le premier venu.

Les Utopiens appliquent en ceci le principe de la possession commune. Pour anéantir jusqu'à l'idée de la propriété individuelle et absolus, ils changent de maison tous les dix ans, et tirent au sort celle qui doit leur tomber en partage.

Les habitants des villes soignent leurs jardins avec passion ; ils y cultivent la vigne, les fruits, les fleurs et toutes sortes de plantes. Ils mettent à cette culture tant de science et de goût, que je n'ai jamais vu ailleurs plus de fertilité et d'abondance réunies à un coup d'œil plus gracieux. Le plaisir n'est pas le seul mobile qui les excite au jardinage ; il y a émulation entre les différents quartiers de la ville, qui luttent à l'envie à qui aura le jardin le mieux cultivé. Vraiment, on ne peut rien concevoir de plus agréable ni de plus utile aux citoyens que cette occupation. Le fondateur de l'empire l'avait bien compris, car il appliqua tous ses efforts à tourner les esprits vers cette direction.

Les Utopiens attribuent à Utopus le plan général de leurs cités. Ce grand législateur n'eut pas le temps d'achever les constructions et les embellissements qu'il avait projetés ; il fallait pour cela plusieurs générations. Aussi légua-t-il à la postérité le soin de continuer et de perfectionner son œuvre.

On lit dans les annales utopiennes, conservées religieusement depuis la conquête de l'île, et qui embrassent l'histoire de dix-sept cent soixante années, on y lit qu'au commencement, les maisons fort basses, n'étaient que des cabanes, des chaumières en bois, avec des murailles de boue et des toits de paille terminés en pointe. Les maisons aujourd'hui sont d'élégants édifices à trois étages, avec des murs extérieurs en pierre ou en brique, et des murs intérieurs en plâtras. Les toits sont plats, recouverts d'une matière broyée et incombustible, qui ne coûte rien et préserve mieux que le plomb des injures du temps. Des fenêtres vitrées (on fait dans l'île un grand usage du verre) abritent contre le vent. Quelquefois on remplace le verre par un tissu d'une ténuité extrême, enduit d'ambre ou d'huile transparente, ce qui offre aussi l'avantage de laisser passer la lumière et d'arrêter le vent.

Thomas More, *L'Utopie*, trad. Victor Stouvenel, Flammarion, coll. « Librio », 1997, p. 57-59.

S'approprier le texte

1. Pensez-vous qu'il soit nécessaire d'avoir une maison avec un jardin ?

2. Pensez-vous que l'égalité entre les individus doit se concrétiser dans la ressemblance des habitats ?

42. « Dormir dans une bulle »

Comment vivre dans et avec la nature, sans perdre pour autant le confort qu'offre la société contemporaine ? Comment élaborer de nouveaux logements tout en tenant compte des nouvelles exigences écologiques ? C'est à ces nouvelles problématiques que répond « la chambre bulle » : avec elle, l'opposition entre zone d'habitation et nature se voit réduite à son minimum.

[Une expérience nouvelle]

Partir en week-end. Voilà qui en fait rêver plus d'un !

Escapade romantique, aventure entre amis ou exploration en solitaire, peu importe la forme, l'idée est définitivement séduisante.

Et ce ne sont pas les offres qui manquent. Chambres d'hôtes à la campagne, hôtels en bord de mer ou camping en pleine nature, il y en a pour tous les goûts.

Depuis peu, le monde de l'hôtellerie connaît même sa petite révolution avec l'apparition d'hébergements originaux et tendances qui n'en sont pas moins confortables.

C'est le cas des « chambres bulles ». Ces grandes tentes rondes et transparentes vous plongent au cœur de la nature pour reposer votre esprit et dormir la tête dans les étoiles… […]

L'esprit camping dans un confort grand luxe

Elles sont légères, jolies, transparentes et respirent la liberté. Simples bulles ? Non, chambres bulles !

Ces grandes structures sphériques éphémères sont une véritable invitation à l'évasion. Installées généralement en plein cœur de la nature, elles vous permettent de lâcher prise et de respirer un grand bol d'air frais.

Alternative idéale aux aventuriers pas trop téméraires, elles vous offrent la possibilité de dormir à la belle étoile sans tous les inconvénients : petites bêtes, literie sommaire et fraîcheur nocturne.

Eh oui, ces bulles ne s'appellent pas chambres pour rien !

Aménagées avec un lit, couettes, coussins et même chauffage, elles vous promettent une nuit reposante dans le calme de contrées isolées qui ne manquent pas de charme.

Afin de parfaire votre culture au-delà du ciel, les bulles sont souvent accompagnées d'un télescope et d'une carte des étoiles. L'univers n'aura plus de secret pour vous !

Ces véritables nids douillets offrent un cocon idyllique aux amoureux en fuite. [...]

Un environnement préservé et respecté

Les bulles ne se permettraient pas de vous émanciper de la ville sans prendre soin de la nature.

Si certaines sont fabriquées à partir de matériaux recyclables, c'est surtout leur caractère éphémère qui permet à Dame Nature de reprendre tous ses droits.

Faciles à démonter, ces cocons d'air ne laissent aucune trace de leur passage. Avec une consommation relativement réduite en énergie, ils allient à la perfection confort et respect de l'environnement. [...]

Comment ça marche ?

L'enveloppe de la bulle garde sa forme arrondie par un système de soufflerie silencieux. Complètement hermétique grâce à une fermeture éclair, chaque bulle se compose d'un sas de compression. L'air est ainsi renouvelé en permanence.

Partielle ou totale, la transparence des bulles offre lumière et panorama à ses occupants. Malgré tout, les bulles ne sont peut-être pas des hébergements adaptés aux personnes souffrant de claustrophobie.

« Dormir dans une bulle : bienvenue dans l'ère du camping 2.0 ! »,
© MaMaisonMonJardin.com Le Blog !, 13 août 2014.

S'approprier le texte

1. En quoi la « chambre bulle » permet-elle de concilier confort et vie au grand air ?

2. Que pensez-vous de l'habitat éphémère ? Peut-on y voir la conciliation entre sédentarisation et nomadisme ?

■ 43. Michelle Perrot, *Histoire de chambres*

Michelle Perrot (née en 1928) est une historienne, professeure émérite d'histoire contemporaine à l'université Paris-Diderot et militante féministe française. Dans ce texte, elle s'interroge : que deviennent les chambres aujourd'hui ? Quelle est leur place dans nos vies, dans nos maisons, dans nos appartements ? Plusieurs éléments semblent indiquer leur obsolescence. On ne naît plus chez soi, mais à la maternité. On ne meurt plus chez soi, mais à l'hôpital dans 75 % des cas. Le recul du mariage, l'instabilité des couples vident la chambre « conjugale » de son sens. L'étroitesse des logements rend impossible le luxe de la chambre d'amis. Bref, cette vieille structure de nos intimités semble se dissoudre.

[Chambres en souffrance]

Le puzzle de « la vie mode d'emploi » s'est compliqué et enrichi. Les chambres ont proliféré comme les alvéoles d'une ruche. Elles ont changé d'emplacement, protégées, mais reléguées aussi, au premier étage de la maison ou dans le fond de l'appartement, avec fenêtre sur cour, sans « vue », laissées au privé, à la nuit improductive, obscure et inquiétante, redoutée et désirée. Certaines ont gagné en dimensions, au nom du cubage d'air à respecter ; la plupart se sont singulièrement amenuisées. Elles ont perdu la multiplicité de leurs fonctions, se sont spécialisées, vouées au sommeil, passant de *rooms* à *bedrooms*, simples cases à dormir. Du coup on les a négligées. C'est toujours sur leur superficie qu'on rogne. Elles gênent en somme.

Les « chambres en souffrance » sont-elles des chambres en sursis ? Que sont les chambres devenues ? Que disent de ce point de vue les architectes et les usagers d'aujourd'hui ? Les premiers avouent leur embarras. Ils ne savent pas trop quoi faire des chambres, excepté dans les résidences secondaires, où elles prennent une revanche éclatante. Ils proposent tantôt de les individualiser plus encore, surtout pour les enfants ; tantôt de les ouvrir jusqu'à une transparence qui les dissout. Ils en font des annexes des pièces communes, ou de la salle de bains, bien davantage objet de leurs soins, au point d'y placer le lit pour en faire « une chambre de bains ». Ou encore, dans une usine à chaussures devenue loft, ils la perchent en mezzanine, aérienne comme une « cabane californienne ». Aux antipodes du confinement d'autrefois, entre quatre murs porteurs et protecteurs, certains imaginent une cellule de verre offerte à la pénétration des regards. Pour les adultes, la chambre n'a plus d'importance ; à la limite, ils dorment ailleurs. La chambre d'amis, naguère symbole de l'intimité dans l'hospitalité, a depuis longtemps disparu. Les voyages s'effectuent dans la journée ; on loge ses invités à l'hôtel ou dans un coin du salon ; ils repartent rapidement par des trains ou des avions plus fréquents. Il n'y a guère que les enfants qui bénéficient d'une sollicitude camérale [1], surtout en France où, en raison d'une natalité soutenue, le marché est en expansion. Il offre des modèles de plus en plus personnalisés et raffinés. « La maison intelligente telle qu'on l'attend pour 2012 », soucieuse surtout de prouesses techniques, propose un « cocon bien-être », espèce de bulle où, sous le regard des grandes personnes, l'enfant, lové sur un lit, est constamment surveillé et en sécurité, dans la compagnie de ses jouets et de son écran télé. « Avec un

1. Camérale : du latin *camera*, chambre.

apport constant d'oxygène, [ce cocon] garantit un environnement sain pour des nuits sans problème[1]. » La chambre de grand-père est meublée d'un lit équipé d'un système d'alerte en cas de chute. Le principe de précaution, assisté d'une robotique efficace, règne sur la chambre future.

Michelle Perrot, *Histoire de chambres*, © Éditions du Seuil, coll. « La Librairie du XXe siècle », 2009, p. 423-424.

S'approprier le texte

1. Montrez comment le style de vie moderne modifie en profondeur notre manière d'agencer nos intérieurs.
2. L'avenir des maisons est-il dans l'interconnexion ?

---

1. « Visite de la maison intelligente telle qu'on l'attend pour 2012. Près de Bruxelles, une bâtisse témoin fonctionne avec les technologies de demain », *Le Monde*, 8 août 2008.

Zoom sur : À quoi ressemble la maison d'aujourd'hui ?

Les changements de modes de vie et de mentalités qui accompagnent le monde contemporain modifient en profondeur le rapport que nous entretenons avec notre maison. Les espérances d'hier se concrétisent grâce à de nouvelles normes. En France, la RT (réglementation thermique) 2020, qui fait suite au Grenelle de l'environnement, a pour objectif de diviser par trois la consommation énergétique des nouvelles constructions, par rapport aux constructions actuelles. Elle doit donc mettre en œuvre le concept de BEPOS (bâtiment à énergie positive), et réduire ainsi la consommation des bâtiments, en limitant notamment le recours au chauffage, à la climatisation, à l'éclairage, à l'eau chaude sanitaire et à la ventilation.

La demeure du XXIe siècle ne ressemble plus à celle du début du XXe. Les maisons sont aujourd'hui plus performantes, tant d'un point de vue énergétique qu'environnemental. Les innovations techniques et technologiques permettent de construire mieux et plus vite. Il est à remarquer que les différents confinements que nous avons vécus, et qui nous ont amenés à passer beaucoup plus de temps dans nos intérieurs, ont contribué à renforcer nos exigences concernant l'habitat. Le développement du télétravail nous contraint à aménager notre intérieur de telle sorte que celui-ci puisse concilier lieu de vie et lieu de travail, d'étude. En cela, le silence devient un élément déterminant pour évaluer la qualité d'un logement. La maison d'aujourd'hui doit être un lieu de vie paisible, réduisant les nuisances sonores tant intérieures qu'extérieures. La qualité de l'air et la luminosité des intérieurs sont également des critères déterminants pour le choix d'un logement. Esthétique et baignée de lumière naturelle, la maison d'aujourd'hui se vit donc à la fois comme confortable et écologique.

2. L'habitat de demain : gratte-ciel ou cabane ?

Quelle maison pour demain ? Comment habiter le monde qui est le nôtre ? Sylvain Tesson (texte 44) montre à quel point il est aujourd'hui loisible, grâce à la technologie, de vivre isolé tout en restant connecté. La distinction ville/campagne paraît ainsi s'effriter par un lissage de nos modes de vie. En ce sens, toute la surface du globe pourrait un jour se voir habitée, d'autant que la population mondiale s'accroît. Face à cette réalité, est-il pertinent de penser que le mode d'habitation de demain puisse encore être celui de la maison individuelle ? Pour Le Corbusier (texte 45), la maison du futur ne peut prendre que la forme du gratte-ciel. Il invite à se projeter à la verticale, à concevoir l'habitat au croisement d'interactions individuelles et collectives.

44. Sylvain Tesson, *Dans les forêts de Sibérie*

Dans les forêts de Sibérie est un récit autobiographique de Sylvain Tesson (né en 1972) publié en 2011 et lauréat du prix Médicis essai la même année. Le livre présente le carnet d'ermitage de l'auteur, qui a vécu six mois en Sibérie, de février à juillet 2010, dans une cabane sur la côte nord-ouest du lac Baïkal, à cent vingt kilomètres du village le plus proche, sans route. Sylvain Tesson y vivait de pêche, de bûcheronnage, de marches, de lecture et de vodka. Cette cabane devient pour l'auteur le cadre où il se met à l'épreuve afin d'écouter sa vie intérieure et de savoir s'il peut se suffire à lui-même.

[La cabane au fond des bois]

Il y a deux ans, par hasard, j'avais eu l'occasion de demeurer trois jours dans une cabane de bois, sur les bords du

Baïkal[1]. Un garde-chasse, Anton, m'avait accueilli dans la minuscule isba[2] qu'il occupait sur la rive orientale du lac. [...]

Je me fis alors le serment de vivre plusieurs mois en cabane, seul. Le froid, le silence et la solitude sont des états qui se négocieront demain plus cher que l'or. Sur une Terre surpeuplée, surchauffée, bruyante, une cabane forestière est l'eldorado. À mille cinq cents kilomètres au sud, vibre la Chine. Un milliard et demi d'êtres humains s'apprêtent à y manquer d'eau, de bois, d'espace. Vivre dans les futaies[3] au bord de la plus grande réserve d'eau douce du monde est un luxe. Un jour, les pétroliers saoudiens, les nouveaux riches indiens et les businessmen russes qui traînent leur ennui dans les lobbys en marbre des palaces le comprendront. Il sera temps alors de monter un peu plus en latitude et de gagner la toundra. Le bonheur se situera au-delà du 60e parallèle Nord.

Habiter joyeusement des clairières sauvages vaut mieux que dépérir en ville. Dans le sixième volume de *L'Homme et la Terre*, le géographe Élisée Reclus – maître anarchiste[4] et styliste désuet – déroule une superbe idée. L'avenir de l'humanité résiderait dans « l'union plénière du civilisé avec le sauvage ». Il ne serait pas nécessaire de choisir entre notre faim de progrès technique et notre soif d'espaces vierges. La vie dans les bois offre un terrain rêvé pour cette réconciliation entre l'archaïque et le futuriste. Sous les futaies, se déploie une existence éternelle, au plus près

---

1. Le **lac Baïkal** est un grand lac très ancien situé dans la région montagneuse russe de la Sibérie, au nord de la frontière mongole.
2. **Isba** : maison russe traditionnelle, en bois.
3. **Futaie** : forêt de grands arbres aux fûts dégagés.
4. **Anarchiste** : personne qui se revendique d'un ensemble de courants de philosophie politique développés depuis le XIXe siècle. Fondé sur la négation du principe d'autorité dans l'organisation sociale, l'anarchisme a pour but de développer une société sans domination d'un individu ou d'un groupe d'individus sur les autres. Il défend la liberté individuelle comme valeur fondamentale.

de l'humus. On y renoue avec la vérité des clairs de lune, on se soumet à la doctrine des forêts sans renoncer aux bienfaits de la modernité. Ma cabane abrite les noces du progrès et de l'antique. Avant de partir, j'ai ponctionné dans le grand magasin de la civilisation quelques produits indispensables au bonheur, livres, cigares, vodka : j'en jouirai dans la rudesse des bois. J'ai tellement adhéré à l'intuition de Reclus que j'ai équipé ma cabane de panneaux solaires. Ils alimentent un petit ordinateur. Le silicium de mes puces électroniques se nourrit de photons. J'écoute Schubert[1] en regardant la neige, je lis Marc Aurèle[2] après la corvée de bois, je fume un havane pour fêter la pêche du soir. Élisée serait content. [...]

La cabane, royaume de simplification. Sous le couvert des pins, la vie se réduit à des gestes vitaux. Le temps arraché aux corvées quotidiennes est occupé au repos, à la contemplation et aux menues jouissances. L'éventail de choses à accomplir est réduit. Lire, tirer de l'eau, couper le bois, écrire et verser le thé deviennent des liturgies. En ville, chaque acte se déroule au détriment de mille autres. La forêt resserre ce que la ville disperse.

Sylvain Tesson, *Dans les forêts de Sibérie*,

S'approprier le texte

1. Suffit-il d'avoir un chez-soi pour être heureux ?

2. Est-il nécessaire, pour vivre au plus près de la nature, de refuser pour son habitation tout apport technologique ?

---

1. Franz Schubert (1797-1828) est un compositeur autrichien, emblématique de la musique romantique allemande.

2. Marc Aurèle (121-180) est un empereur, philosophe stoïcien et écrivain romain.

45. Le Corbusier, *Vers une architecture*

Pour Le Corbusier (1887-1965), architecture et urbanisme sont indissociables. Une architecture nouvelle met en œuvre des techniques de construction innovantes et une vision de l'espace renouvelée. Dans ce texte, Le Corbusier nous montre comment l'habitation moderne doit se penser sur un mode vertical et non plus horizontal, impliquant une intrication de l'individuel et du collectif. Notre manière d'habiter modifie alors nos rapports aux autres et à notre environnement.

[Le gratte-ciel]

Les grands problèmes de demain dictés par des nécessités collectives, établis sur des statistiques et réalisés par le calcul, posent à nouveau la question du plan. Lorsqu'on aura compris l'indispensable grandeur de vue qu'il faut apporter au tracé des villes, on entrera dans une période que nulle époque n'a encore connue. Les villes devront être conçues et tracées dans leur étendue [...].

Tony Garnier, [...] à Lyon, a tracé la « Cité industrielle ». C'est une tentative de mise en ordre et une conjugaison des solutions utilitaires et des solutions plastiques. Une règle unitaire distribue dans tous les quartiers de la ville le même choix de volumes essentiels et fixe les espaces suivant des nécessités d'ordre pratique et les injonctions d'un sens poétique propre à l'architecture.

Un jour, Auguste Perret [1] créa ce mot : les « Villes-Tours ». [...] À notre insu, la « grande ville » incube un plan. Ce plan peut être gigantesque puisque la grande ville est une marée montante. Il est temps de répudier le tracé actuel de nos villes par lequel s'accumulent les immeubles tassés [et] s'enlacent les rues étroites

1. **Tony Garnier** (1869-1948) et **Auguste Perret** (1874-1954) sont des architectes français.

pleines de bruit [...]. Les grandes villes sont devenues trop denses pour la sécurité des habitants et pourtant elles ne sont pas assez denses pour répondre au fait neuf des « affaires ».

Partant de l'évènement constructif capital qu'est le gratte-ciel américain, il suffirait de rassembler en quelques points rares cette forte densité de population et d'élever là, sur 60 étages, des constructions immenses. Le ciment armé et l'acier permettent des hardiesses et se prêtent surtout à un certain développement des façades, grâce auquel toutes les fenêtres donneront en plein ciel ; ainsi, désormais, les cours seront supprimées. À partir du quatorzième étage, c'est le calme absolu, c'est l'air pur.

Dans ces tours qui abriteront le travail, jusqu'ici étouffé dans des quartiers compacts et dans des rues congestionnées, tous les services, selon l'heureuse expérience américaine, se trouveront rassemblés, apportant l'efficacité, l'économie de temps et d'efforts, et, par là, un calme indispensable. Ces tours, dressées à grande distance les unes des autres, donnent en hauteur ce que, jusqu'ici, on étalait en surface ; elles laissent de vastes espaces qui rejettent loin d'elles les rues axiales pleines de bruit et d'une circulation plus rapide. Au pied des tours se déroulent des parcs ; la verdure s'étend sur toute la ville. Les tours s'alignent en avenues imposantes ; c'est vraiment de l'architecture digne de ce temps.

Le Corbusier, *Vers une architecture*, 1923 ;
Flammarion, coll. « Champs », 2019, p. 38-44 © FLC/ADAGP.

S'approprier le texte

1. Pour quelles raisons le gratte-ciel est-il, pour Le Corbusier, l'habitation de notre temps ? Partagez-vous ce point de vue ?

2. Quelles qualités primordiales la maison du futur doit-elle recéler ?

Prolongements

Je regarde *La Forêt d'émeraude*, de John Boorman (1985).

Dès l'ouverture du film, le décor est planté : Tommy observe les fourmis qui aménagent leur territoire en apportant des feuilles tombées des arbres, respectant ainsi la nature, tandis qu'à quelques mètres de là, des hommes détruisent l'équilibre écologique à coups de dollars pour construire un barrage...

Pour le plaisir, je regarde *La Maison démontable*, de Buster Keaton (1920).

En cadeau de mariage, Buster reçoit une dizaine de caisses contenant une maison en kit. Un rival dépité intervertit les numéros de caisses, vouant l'assemblage des pièces à l'échec. Il s'ensuit une semaine de mésaventures. Hilarant !

Sur le site de Canopé, je regarde différents documentaires.

Tout d'abord, suivre l'interview donnée par Le Corbusier pour promouvoir sa vision de la « ville radieuse ». Ensuite, regarder un documentaire portant sur le Familistère de Guise. S'inspirant des idées du philosophe Charles Fourier qui pensait que production et épanouissement personnel étaient compatibles, l'industriel Charles Godin a créé, en 1859, une cité industrielle modèle qui abrite non seulement une usine, mais aussi des habitations ouvrières. Et enfin, imaginer, avec l'architecte Jacques Rougerie, que la maison du futur est celle qui sera sous la mer !

■ Vue des ruines de la porte d'Herculanum à Pompéi (Italie), photographie de 1890.

Au milieu du XVIIIe siècle, Pompéi, cité antique, est redécouverte après avoir été ensevelie par une irruption du Vésuve en 79 ap. J.-C. Le site fournit des informations archéologiques remarquables sur les maisons et le mode de vie des Romains.

DOSSIER

Recherches lexicales

Activités d'écriture

Sujets d'exposés

Sujets d'entraînement à l'épreuve

Fiches méthode

■ **Anonyme (école américaine), *La Cabane de Thoreau*, XIXe siècle.**

Cette cabane représente pour Thoreau l'idéal d'une vie libre, détachée de considérations matérielles qui, selon lui, font oublier l'essentiel : un retour à la nature et une vie simple (voir texte 11, p. 51).

Petit glossaire des mots de l'asile

Centre social : structure de proximité qui anime le débat démocratique, accompagne des mobilisations et des projets d'habitants, et construit de meilleures conditions de vie, aujourd'hui et pour demain. Ces centres proposent des activités sociales, éducatives, culturelles, familiales pour répondre aux besoins dans le territoire. Leur activité est portée par les habitants eux-mêmes.

Convention de Genève : convention internationale du 28 juillet 1951, relative au statut des réfugiés. Elle définit les modalités selon lesquelles un État doit accorder le statut de réfugié aux personnes qui en font la demande, ainsi que les droits et les devoirs de ces personnes. Elle constitue le document clé dans la définition du réfugié, de ses droits et des obligations légales des États. Ratifiée par 145 pays, cette convention fut complétée en 1967 par le Protocole relatif au statut des réfugiés qui lui retire ses restrictions géographiques et temporelles. Il ne faut pas confondre cette convention avec les conventions de Genève qui codifient les droits et les devoirs des combattants et des civils en temps de guerre.

CRA : centre de rétention administrative. En France, ces centres sont utilisés pour retenir les étrangers auxquels l'administration ne reconnaît pas le droit de séjourner sur le territoire français et pour lesquels elle a décidé de procéder à un éloignement forcé.

Demandeur d'asile : personne demandant à être admis sur le territoire d'un État en qualité de réfugié et attendant que les autorités compétentes répondent à sa requête. Pour obtenir le statut de réfugié, chaque demandeur d'asile doit apporter la preuve qu'il est directement menacé, sauf lors de conflits reconnus comme guerres (Syrie, Afghanistan, Irak, Libye...). Dans ce cas, le HCR reconnaît des réfugiés *prima facie* qui n'ont pas besoin d'apporter la preuve de leur persécution : leur nationalité suffit.

Déraciné : toute personne qui a dû quitter son foyer en raison des guerres et des persécutions. Le terme inclut donc à la fois les déplacés, les réfugiés et les demandeurs d'asile.

Droit d'asile : internationalement reconnu par la convention de Genève de 1951 et inscrit dans la Constitution française, il permet de protéger toute personne victime de persécution. Selon les données du HCR, en 2018, plus de 70 millions de personnes ont été déplacées de manière forcée, chiffre inédit depuis la Seconde Guerre mondiale. À côté des guerres civiles totales, comme en Syrie, qui provoquent l'exode de millions de personnes, la question des personnes réfugiées qui craignent d'être persécutées en raison de leur religion, leurs idées politiques, leur genre ou leur orientation sexuelle, est de nouveau d'une actualité brûlante. Les personnes réfugiées victimes des dérèglements climatiques sont chaque année plus nombreuses, notamment dans les zones arides ou exposées aux cyclones.

Exilé : toute personne qui a, volontairement ou non, quitté sa patrie, éventuellement sous la contrainte d'un bannissement, d'une déportation, de persécutions ou de conditions d'existence trop dures.

HCR : Haut Commissariat des Nations unies pour les réfugiés, forme francisée du sigle anglophone UNHCR (United Nations High Commissioner for Refugees). Ce programme de l'ONU, basé à Genève, a été créé en 1950 au lendemain de la Seconde Guerre mondiale pour venir en aide aux Européens déplacés par le conflit. Elle avait un mandat de trois ans pour accomplir son travail et devait ensuite disparaître. Aujourd'hui, près de soixante-dix ans plus tard, l'organisation est toujours active, protégeant et venant en aide aux réfugiés du monde entier. Une représentation de cette agence a été ouverte en France en octobre 1952. Elle s'est vu confier par les autorités françaises un rôle important dans la procédure d'asile. Le HCR veille à l'application de la convention de Genève et se prononce sur des questions telles que l'accès au territoire et à la procédure d'asile, et les projets de réforme du droit d'asile.

Réfugié : celui qui fuit un conflit armé ou la persécution. Le terme s'applique à toute personne qui, « craignant avec raison d'être persécutée du fait de sa race, de sa religion, de sa nationalité, de son appartenance à un certain groupe social ou de ses opinions politiques », se trouve hors du pays dont elle a la nationalité et qui ne peut ou, du fait de cette crainte, ne veut se réclamer de la protection de ce pays. « Réfugié » est un statut défini depuis 1951 par la convention de Genève. Tous les réfugiés sont des migrants (mais l'inverse n'est pas vrai). Ce statut donne droit à la protection du pays qui l'accorde. La protection des réfugiés revêt de nombreux aspects comme l'assurance de ne pas être renvoyé chez eux face aux dangers qu'ils ont fuis, l'accès à des procédures d'asile justes et efficaces, et des mesures visant à assurer que leurs droits fondamentaux sont respectés, afin de leur permettre de vivre dans la dignité et la sécurité, tout en les aidant à trouver une solution à long terme.

Recherches lexicales

A. Que d'expressions !

1. Cherchez le sens des expressions courantes listées ci-dessous.

- administrer la maison ;
- faire les honneurs de la/sa maison ;
- garder la maison ;
- gens de maison ;
- habiter en bon père de famille ;
- *home sweet home* ;
- la porte est grande ouverte ;
- maison de maître
- maître/maîtresse de maison ;
- regagner ses pénates ;
- Sans domicile fixe (SDF) ;
- un cadavre dans le placard.

2. Comment interprétez-vous cette abondance d'expressions liées au thème de la maison ?

B. Maison et architecture

1. Rendez-vous sur le site de l'académie de Dijon relatif à l'Art et à la Culture :
http://artsetculture89.ac-dijon.fr/IMG/pdf/l_architecture_de_l_antiquite_a_nos_jours.pdf.
Relevez les différents styles d'habitation et les différents styles architecturaux utilisés de l'Antiquité à nos jours.

2. Décrivez plus particulièrement la maison d'un grand propriétaire romain et un immeuble haussmannien. Laquelle de ces deux descriptions ressemble le plus à l'image que vous vous faites d'une maison ?

C. Les mots clés du thème

Voici plusieurs listes de mots clés liés au thème de l'anthologie.

– maison, bâtisse, immeuble de rapport, HLM, gratte-ciel, loft, domotique, pavillon, villa, manoir, château, studio, préfabriqué, baraque, cabane, bicoque, masure, taudis, bungalow, chaumière, ermitage.

– antichambre, salon, salle de réception, salle à manger, boudoir, terrasse, loggia, cuisine, buanderie, communs, chambre de bonne, galetas, soupente, gourbi, réduit, mansarde.

– foyer, chez-soi, nid, refuge, pénates, bercail, retraite, asile, home, confort, cosy, bien-être, Feng Shui, bricolage, restauration, promiscuité, insalubrité, nuisances, sans-abri, réfugié, SDF, mal-logés, Jungle, camps de réfugiés, hébergement d'urgence, déraciné.

– propriété privée, résidence secondaire, maison de famille, maison de vacances, location, inventaire, état des lieux, héritage, charges, bail, copropriété, servitudes.

1. Après avoir cherché le sens des mots que vous ne connaissez pas, associez cinq termes de votre choix à un exemple précis.

2. Regroupez ensuite dix mots dont les connotations sont pour vous positives, et dix mots dont les connotations sont négatives.

Activités d'écriture

A. Rédactions argumentées

1. Pour vous, la maison est-elle un lieu fait pour recevoir ou plutôt un espace pour pouvoir se cacher et s'isoler du monde ?

Proposez un plan détaillé de deux paragraphes qui développeront les deux termes de l'alternative contenue dans ce sujet. Chaque paragraphe devra inclure trois arguments et trois exemples par argument.

2. Examinez les termes et expressions suivants : « fantômes, délabrement, bruits bizarres, angoisse, surnaturel, communication extra-normale, château ». Quel champ lexical repérez-vous ?

Écrivez un texte argumentatif d'une vingtaine de lignes qui utilisera à bon escient et selon un parcours démonstratif structuré l'ensemble de ces termes.

B. Analyse de citation

« Nous pouvons utiliser le mot « maison » pour un grand nombre d'objets – pour la case en terre d'une tribu, le palais d'un roi, la maison de campagne d'un citadin, le cottage villageois ou l'immeuble d'appartements en ville –, mais nous ne pouvons guère nous en servir pour désigner les tentes de certains nomades. La maison implique de « loger quelqu'un » et de « résider », alors qu'aucune tente, qui est plantée un jour et défaite le lendemain, ne peut loger ni être une résidence [1]. »

1. Effectuez une recherche sur Hannah Arendt et voyez son rapport à l'exil. Que signifie le terme « apatride » ?

---

1. Hannah Arendt, *Responsabilité et jugement*, trad. Jean-Luc Fidel, Payot, 2005.

2. Quelle distinction fait Hannah Arendt entre la maison et la tente ?

3. Est-ce que le fait de ne plus avoir de patrie peut être considéré comme ne plus avoir de maison ?

4. Dans cet extrait, en quoi la tente est-elle synonyme d'errance ?

5. Montrez le lien qu'établit Hannah Arendt entre le fait d'habiter et le fait de s'inscrire durablement en un lieu.

6. Pensez-vous que toute forme d'habitation est, en même temps, un enracinement dans un territoire ?

Sujets d'exposés

A. La maison comme refuge

1. Justifiez la comparaison entre la maison et le nid.
2. La maison comme lieu de ressourcement.
3. Bien-être et *feng shui.*
4. Les Français et le bricolage.
5. Dans ma chambre.
6. Restaurer un intérieur.
7. Faire une maison à son image.
8. La maison et les tâches domestiques.
9. Télétravail et vie familiale.
10. La maison de famille : enfer ou paradis ?

B. La maison et les voisins

11. Les nuisances de voisinage.
12. Mes chers voisins !
13. La fête des voisins.
14. Vivre sans voisins.
15. La cohabitation.
16. La colocation.
17. Les voisins, un mal nécessaire ?

C. Ne plus avoir de maison

18. Quelles règles de droit encadrent la procédure d'expulsion ?
19. Qu'est-ce qu'un camp de réfugiés ?
20. Peut-on vivre longtemps sans avoir un toit ?
21. Les sans-abri et la précarité tant sociale que psychique.
22. La « Jungle » de Calais.

23. Les migrants et l'invisibilité sociale.

24. Les centres d'hébergement.

25. L'exil comme mal existentiel.

26. Le retour à la maison.

D. La maison et l'intrusion

27. Faut-il avoir peur des fantômes ?

28. Le cambriolage, un fléau de notre époque ?

29. Peut-on être espionné par notre ordinateur ?

30. Faut-il avoir peur de ceux qui frappent à nos portes ?

31. Doit-on ouvrir aux étrangers ?

32. Le cauchemar, ou quand l'horreur s'invite dans nos rêves.

E. Des maisons aux formes variées

33. Les habitats traditionnels en France métropolitaine et ultramarine.

34. Les résidences de Le Corbusier.

35. Les maisons d'Antoni Gaudí.

36. Les résidences de Frank Lloyd Wright.

37. Les peuples nomades et leurs habitats.

F. La diversité des domaines considérés

La thématique de la maison ouvre sur une pluralité de domaines possibles. Certains sont plus techniques que d'autres, notamment celui concernant les personnes qui sont sans domicile. Il vous faudra donc être attentif lors de vos exposés à bien maîtriser les termes que vous employez (demandeur d'asile, migrant, sans-abri, SDF, OQTF, HCR...).

Pour cela, faites une recherche précise sur :

a) les sigles suivants :
   - CRA ;
   - HCR ;
   - OQTF ;
   - UNHCR.

b) les principes juridiques suivants :
   - la convention de Genève ;
   - le droit d'asile ;
   - la trêve hivernale.

Sujets d'entraînement à l'épreuve

Sujet n° 1 : Quand la maison permet de nous enraciner

Synthèse

Vous réaliserez une synthèse concise, ordonnée et objective des documents suivants : 1. George Sand (texte 2, p. 21) ; 2. Homère (texte 29, p. 104) ; 3. Sylvain Tesson (texte 44, p. 156) ; 4. John T. Takai, *Maisons-racines* (cahier iconographique, p. IV).

Écriture personnelle

Pensez-vous qu'il soit nécessaire d'avoir un chez-soi pour vivre sereinement ?

Vous répondrez à cette question d'une façon argumentée en vous appuyant sur les documents du corpus, sur vos lectures de l'année et sur vos connaissances personnelles.

Sujet n° 2 : Une chambre à soi, ou la maison comme lieu de l'indépendance

Synthèse

Vous réaliserez une synthèse concise, ordonnée et objective des documents suivants : 1. Virginia Woolf (texte 1, p. 18) ; 2. Michel Vergé-Franceschi (texte 3, p. 23) ; 3. Henry David Thoreau (texte 11, p. 51) ; 4. Vilhelm Hammershøi, *Intérieur, Strandgade 30, Copenhague* (cahier iconographique, p. I).

Écriture personnelle

Selon vous, être propriétaire de son logement rend-il libre ?

Vous répondrez à cette question d'une façon argumentée en vous appuyant sur les documents du corpus, sur vos lectures de l'année et sur vos connaissances personnelles.

Sujet n° 3 : La maison, miroir de ses propriétaires ?

Synthèse

Vous réaliserez une synthèse concise, ordonnée et objective des documents suivants : 1. Edgar Allan Poe (texte 5, p. 33) ; 2. Honoré de Balzac (texte 6, p. 37) ; 3. René Baer et Léo Ferré, « La chambre » (playlist, chanson 1) ; 4. James Mollison, « Kaya, 4 ans, Tokyo, Japon » (cahier iconographique, p. III).

Écriture personnelle

Selon vous, notre habitat est-il toujours l'exact reflet de nous-mêmes ?

Vous répondrez à cette question d'une façon argumentée en vous appuyant sur les documents du corpus, sur vos lectures de l'année et sur vos connaissances personnelles.

Sujet n° 4 : La maison, un patrimoine à transmettre ?

Synthèse

Vous réaliserez une synthèse concise, ordonnée et objective des documents suivants : 1. Edgar Allan Poe (texte 5, p. 33) ; 2. Christine Jordis (texte 12, p. 54) ; 3. Éric Woerth (texte 13, p. 56) ; 4. Vue des ruines de la porte d'Herculanum à Pompéi (p. 162).

Écriture personnelle

Selon vous, avons-nous des obligations envers les maisons dont nous héritons ?

Vous répondrez à cette question d'une façon argumentée en vous appuyant sur les documents du corpus, sur vos lectures de l'année et sur vos connaissances personnelles.

Sujet n° 5 : Dans l'intimité du chez-soi

Synthèse

Vous réaliserez une synthèse concise, ordonnée et objective des documents suivants : 1. Marguerite Duras (texte 4, p. 26) ; 2. Marcel Proust (texte 8, p. 42) ; 3. Michelle Perrot (texte 43, p. 152) ; 4. Willy Ronis, *Le nu provençal* (p. 16).

Écriture personnelle

Selon vous, est-il important de pouvoir se créer des espaces d'intimité pour se sentir chez soi ?

Vous répondrez à cette question d'une façon argumentée en vous appuyant sur les documents du corpus, sur vos lectures de l'année et sur vos connaissances personnelles.

Sujet n° 6 : Qu'est-ce qu'habiter ?

Synthèse

Vous réaliserez une synthèse concise, ordonnée et objective des documents suivants : 1. Jean Chevalier et Alain Gheerbrant (texte 14, p. 62) ; 2. Cécile Bouanchaud (texte 40, p. 140) ; 3. Le Corbusier (texte 45, p. 159) ; 4. Erwin Wurm, *Narrow House* (cahier iconographique, p. VI).

■ Écriture personnelle

Selon vous, peut-on habiter dans n'importe quel logement ?

Vous répondrez à cette question d'une façon argumentée en vous appuyant sur les documents du corpus, sur vos lectures de l'année et sur vos connaissances personnelles.

Sujet n° 7 : Est-on toujours à la fête avec ses voisins ?

■ Synthèse

Vous réaliserez une synthèse concise, ordonnée et objective des documents suivants : 1. Muriel Barbery (texte 9, p. 45) ; 2. Robert Maggiori (texte 16, p. 71) ; 3. Georges Perec (texte 17, p. 74) ; 4. Coupe transversale de la partie centrale du familistère de Guise (p. 146).

■ Écriture personnelle

Selon vous, peut-on vivre sans voisins ?

Vous répondrez à cette question d'une façon argumentée en vous appuyant sur les documents du corpus, sur vos lectures de l'année et sur vos connaissances personnelles.

Sujet n° 8 : Le délit d'hospitalité

■ Synthèse

Vous réaliserez une synthèse concise, ordonnée et objective des documents suivants : 1. Isabelle Rey-Lefebvre (texte 35, p. 125) ; 2. Sophie Djigo (texte 36, p. 128) ; 3. Jacques Derrida (texte 37, p. 131) ; 4. James Mollison, « Ahkôhxet, 8 ans, Amazonie, Brésil » (cahier iconographique, p. III).

■ Écriture personnelle

Selon vous, avoir un logement est-il un droit ?

Vous répondrez à cette question d'une façon argumentée en vous appuyant sur les documents du corpus, sur vos lectures de l'année et sur vos connaissances personnelles.

Sujet n° 9 : Maison et intrusion

■ Synthèse

Vous réaliserez une synthèse concise, ordonnée et objective des documents suivants : 1. Mona Chollet (texte 18, p. 76) ; 2. Paul Guth (texte 31, p. 110) ; 3. Guy de Maupassant (texte 32, p. 113) ; 4. Jochen Tack, *Cambriolage* (cahier iconographique, p. V).

■ Écriture personnelle

Selon vous, pourquoi vivons-nous l'intrusion d'un étranger chez soi comme traumatisante ?

Vous répondrez à cette question d'une façon argumentée en vous appuyant sur les documents du corpus, sur vos lectures de l'année et sur vos connaissances personnelles.

Sujet n° 10 : Avoir une maison, est-ce pour rester chez soi ?

■ Synthèse

Vous réaliserez une synthèse concise, ordonnée et objective des documents suivants : 1. Jean-Paul Sartre (texte 20, p. 82) ; 2. Sibylle Vincendon (texte 22, p. 86) ; 3. Bruno Bettelheim (texte 26, p. 96) ; 4. Félix Vallotton, *Femme fouillant dans un placard* (cahier iconographique, p. VIII).

Écriture personnelle

Selon vous, peut-on vraiment penser la maison comme ce qui isole le sujet du monde extérieur ?

Vous répondrez à cette question d'une façon argumentée en vous appuyant sur les documents du corpus, sur vos lectures de l'année et sur vos connaissances personnelles.

Synthèse : fiche méthode

Le but de la synthèse est de rendre compte dans une langue qui doit rester neutre et objective du contenu d'un *corpus* de documents. Il s'agit de mettre en évidence les liens qui les unissent autour d'axes de lecture. Soignez l'expression, la présentation (pas de puces ni de tirets, pas de titres, pas de numérotation), et n'oubliez pas de veiller à l'orthographe et à la syntaxe !

[Introduction]

✓ Annoncez le thème commun aux documents.
✓ Présentez brièvement les documents (auteur, titre, date, genre et thèse principale) en les regroupant par exemple par genre, par approche, par époque, etc. Pour alléger l'introduction, il est parfois préférable de présenter le *corpus* dans son ensemble et de reporter la présentation détaillée des documents lors de leur première apparition dans le développement.
✓ Formulez la problématique soulevée par le dossier et annoncez le plan (deux ou trois parties articulées logiquement).

[Développement]

✓ Structurez les parties en faisant des sous-parties (au moins deux par partie).
✓ Annoncez l'idée directrice de chaque partie par une phrase introductive.
✓ Exploitez tous les documents en les identifiant clairement (ce qui n'exige pas pour autant un traitement égal de tous les documents).
✓ Regroupez les idées principales des textes en les reformulant, sans en omettre ni en ajouter (abstenez-vous de tout commentaire personnel !).
✓ Reprenez les termes clés du texte mais limitez les citations à quelques formules caractéristiques. Attention, le « montage de citations » est sévèrement sanctionné : vous devez reformuler avec vos propres mots.
✓ Chaque paragraphe doit être rigoureusement structuré : alinéa, idée directrice, confrontation d'au moins deux documents, déduction.

[Conclusion]

✓ Présentez un bilan objectif et bref (« On retient donc que... »).
✓ Élargir ou non ? La « conclusion personnelle » n'est pas toujours utile, l'écriture personnelle étant évaluée séparément, mais vous pouvez élargir la réflexion dans la seconde partie du sujet (écriture personnelle).

Écriture personnelle : fiche méthode

Le but de l'écriture personnelle est de répondre de façon argumentée à une question portant sur un sujet soulevé par le dossier et en rapport avec le thème du programme. À la différence de la synthèse, le candidat ne doit pas hésiter à s'impliquer dans ses propos, le but n'étant pas de restituer un cours mais de défendre une prise de position en exploitant sa culture générale.
Soignez l'expression, la présentation (pas de puces ni de tirets, pas de titres, pas de numérotation), et n'oubliez pas de veiller à l'orthographe et à la syntaxe !

[Introduction]

✓ Rédigez une phrase d'accroche permettant d'introduire le sujet.
✓ Présentez la question posée en la reformulant si nécessaire. Si le sujet est construit autour d'une citation, il faut la recopier entre guillemets et présenter brièvement la problématique qu'elle soulève.
✓ Annoncez votre plan (deux ou trois parties).

[Développement]

✓ Proposez un plan cohérent en veillant à articuler les parties et les sous-parties (au moins deux par partie).
✓ Commencez chaque partie en rappelant l'idée générale dans une phrase introductive clairement détachée.
✓ Structurez rigoureusement vos paragraphes : marqué par un aliéna, un paragraphe comprend une idée directrice amenée au moyen d'un connecteur logique (« tout d'abord », « par ailleurs », « enfin »), développée puis illustrée par un ou deux exemples qui s'appuient sur un ou plusieurs documents du *corpus* ainsi que sur vos connaissances.
✓ Concluez chaque paragraphe par une déduction et si possible par une transition.

[Conclusion]

✓ Proposez un bilan synthétique énonçant clairement le point de vue auquel vous êtes parvenu au terme de votre démonstration. Votre réponse sera personnelle (utilisez le « je »).
✓ Terminez par une formule marquante ou par une citation caractéristique, ou élargissez le point de vue à une question de société.

Analyse d'image : fiche méthode

Les dossiers de synthèse comportent souvent un document iconographique : peinture, photographie, dessin de presse, image de film, caricature, publicité, image virtuelle... L'interprétation des messages visuels ne doit pas être négligée dans la confrontation des documents : bien faite, elle permet de mieux cerner les problématiques et les notions importantes contenues dans les éléments textuels du dossier.

✓ Dressez tout d'abord la fiche d'identité de l'image : genre, auteur, titre, date, sujet représenté (événement, contexte, personnages, etc.).

✓ Cernez ensuite brièvement ses caractéristiques visuelles : cadre, cadrage, angle de prise de vue s'il s'agit d'une photographie, composition, codes couleur, etc. N'oubliez pas de prendre en compte le message linguistique (légende, slogan) qui accompagne en général un dessin de presse, une caricature ou une publicité.

Une fois ces éléments rapidement dégagés, il est nécessaire de distinguer deux niveaux de perception :

– Les *dénotations* de l'image : il s'agit du niveau de perception littéral de l'image (ou niveau dénotatif). On montre le sens objectif et neutre de l'image, sans avoir recours à un code d'interprétation (ce que vous voyez « objectivement »).

– Les *connotations* de l'image : au sens dénoté de chaque image vient s'ajouter un sens connoté (ou « connotatif ») qui dépend de représentations individuelles ou collectives souvent subjectives et symboliques. L'image connote ainsi un certain nombre de valeurs qui doivent être déchiffrées. Ces valeurs supplémentaires viennent s'ajouter au sens explicite et l'enrichir.

Astuce : aidez-vous des problématiques déjà formulées à partir des textes pour mieux problématiser votre image.

Mes notes et citations

Mes notes et citations

Mes notes et citations

Dans la même collection

1re année – Le manuel

Culture générale et expression

2e année – Les anthologies

De la musique avant toute chose ?
À toute vitesse !
Seuls avec tous

2e année – Les recueils de nouvelles

Une maison à soi ? (en lien avec *Dans ma maison*)
Musique, maestro ! (en lien avec *De la musique avant toute chose ?*)
À cent à l'heure ! (en lien avec *À toute vitesse !*)
Seuls au monde ? (en lien avec *Seuls avec tous*)

Cet ouvrage a été mis en pages par

<pixellence>

Imprimé à Barcelone par:
CPI Black Print